매화, 정情에 취하다

매화, 정情에 취하다

지은이 _ 신형호

초판 발행 _ 2014년 1월 10일

펴낸곳 _ 수필미학사
펴낸이 _ 신중현

등록번호 _ 제25100-2013-000025호
등록일자 _ 2013. 9. 2.

대구광역시 달서구 문화회관11안길 22-1(장동) 출판산업단지 9B 7L
전화 _ (053) 554-3431, 3432   팩시밀리 _ (053) 554-3433
홈페이지 _ http://www.학이사.kr
이메일 _ hes3431@naver.com

ISBN _ 979-11-951489-2-9   03810

※ 수필미학사는 도서출판 학이사의 수필 전문 자매회사입니다.

매화, 정情에 취하다

첫 작품집을 내고 봄가을이 두 번 바뀌었다.

걸어온 길이 안갯속에 흐릿하다. 꽃바람 부는 달에 '책쓰기포럼'과
인연이 닿았다. 시작할 당시 나는 몸과 마음이 지쳐 있는 상태였다. 까
닭 없는 우울증으로 생활은 탄력을 잃고 멍하니 지내는 날이 많았다.
답답함에서 벗어나고 싶었고 잃었던 평상심이 그리웠다. 몇 가지 다른
일에 참여했으나 큰 도움이 되지 않았다.

글쓰기도 치유하는 한 방법이 아닐까. 자신을 온전히 드러내고 솔직
하게 풀어놓는 수필 쓰기에 정성을 쏟았다. 첫걸음은 쉬웠으나 갈 길
은 묵정밭이었다. 고개를 만날 때마다 후회하기도 했다. '잘못 들어오
지 않았나?' 선택에 대한 기쁨보다 두려움이 나를 더 괴롭혔다. 회의
에 빠질 때마다 같이 고민해준 가족과 글벗이 있어 어렵지 않게 강을
건넜다.

작업을 마무리하며 다시 망설였다. 이 글쓰기를 통해 자신을 얼마나
투명하게 돌아보았을까 하는 의문이 들었다. 삶의 세세한 성찰과 느낌
이 글에 녹아들었을까. 행여 남에게 피해가 되는 글은 없을까. 사회성
이 없는 내면의 넋두리만 늘어놓지 않았을까. 홀로 너무 벗지 않았는

가 걱정이 앞선다.

　요즘은 아침마다 늑대와 대화를 한다. 좀 일찍 출근해 자투리 시간에 달성공원 산책을 하면 가장 먼저 만나는 동물이 이 늑대 세 마리다. 두어 평 남짓한 우리가 평생 살아갈 삶의 공간인 그들. 우수 어린 눈빛이 애처롭다. 나직한 목소리로 말을 건넨다. 고향인 북아메리카 평원을 꿈꾸고 있을까. 좁은 우리를 쉴 새 없이 돌고 돈다. 그를 통해 본 내 삶도 별다를 바가 없어 보인다.

　계절이 지나가는 정원에 바람소리가 요란하다. 쉽고 솔직한 글, 작은 재미와 감동을 주어야 좋은 작품이 된다. 디지털 시대의 글쓰기는 독자와의 거리를 얼마나 좁힐 수 있느냐가 중요하다. 문학이론에 충실하고 담담하게 풀어 가는 것이 기본이지만 참 어렵다. 이 글을 읽고 편안한 느낌과 잔잔한 울림을 즐길 수 있는 독자가 몇이라도 있으면 만족할 뿐이다.

2013년 저무는 무소유의 달에
신 형 호

■ 차례

제2부 _ 각본 밖의 하루

제3부 _ 달빛 사냥

제4부 _ 노을 진 삶의 시간에 서서

제 1 부
그러려니

은은한 향이 콧속으로 스며든다.
멋들어진 도자기에 알맞게 우려낸 작설차 한 잔.
운치 있게 빚은 찻잔 속에 안주인이 따온 반개한
매화 한 잎을 띄운다. 잠깐 꽃잎은 날개를 편다.
잔을 든 손가락을 통해 전해오던 감성이 봄바람에 춤을 춘다.

매화, 정情에 취하다

봄이 울렁거린다. 도심 속의 야트막한 구릉에 자리한 매화 농원의 한낮이다. 열댓 명의 문우들이 꽃향기에 취해 도도하다. 하회탈 닮은 마음씨 좋은 주인장의 초대로 펼친 물오르는 농원의 야외나들이이다. 흐드러진 꽃을 배경으로 잔디밭에 자리를 깔았다.

아침부터 많이 망설였다. 아내와 나들이를 계획한 날이기 때문이다. 어느 쪽을 택할까? 한쪽을 버려야 다른 쪽을 얻는 평범한 진리 속에 잠시 갈등했었다. 작년의 기억이 강하게 다가왔다. 작년 이맘때쯤 매화 향에 오감이 감동했고 글벗들과의 만남에 흥겨웠던 추억이 더 진하게 잡아당겼다. 그래, 매화꽃 피는 농원의 잔치는 오늘밖에 없지 않은가.

은은한 향이 콧속으로 스며든다. 멋들어진 도자기에 알맞게 우려낸 작설차 한 잔. 운치 있게 빚은 찻잔 속에 안주인이 따온 반개한 매화 한 잎을 띄운다. 잠깐 꽃잎은 날개를 편다. 잔을 든 손가락을 통해 전해오던 감성이 봄바람에 춤을 춘다. 문우들과 주고받는 눈빛만으로도 마음이 평온하다. 잔 속의 꽃잎을 씹으니 알싸한 향이 혀끝에 감돈다. 녹차 맛은 잘 모르지만 애써 음미하려고 눈을 스르르 감는다. 편안하다. 그리고 아늑하다. 어린 시절 시골 외할머니 댁에 간 기억이 겹쳐진다. 소꼴을 먹이러 간 개천가의 미루나무 아래에 팔베개하고 두둥실 떠가는 흰 구름만 하염없이 보던 기분이다.

꽃등을 단 듯 환한 잔치로 사방은 눈 내린 듯하다. 십여 년 넘게 정성으로 가꾼 매화농원은 이제 주인장의 보물창고이다. 이곳도 한때는 소나무와 잡목으로 무성하던 야산이었다. 주인장은 마른하늘에 날벼락 같은 IMF 사태로 직장 퇴출을 당했다. 인생의 무장해제였다. 당시의 고통과 울분으로 피눈물을 흘렸고 눈을 감아도 잠을 이루지 못했으리라. 잊고 새 삶을 얻기 위해 세월을 삭히고 흙과의 싸움 끝에 이 풍성한 매실 농원이 뿌리를 내렸다. 비로소 마음의 평화도 얻고 평소에 좋아하던 글쓰기에 심취하게 되었다.

도란도란 주고받던 정담이 잦아들자 누가 먼저 시작했는지 동요가 흘러나온다. 둥그렇게 자리해 수건돌리기라도 하는 듯 유년 시절 동심으로 돌아간다. '은하수', '반달', '동구밖 길', '시냇물' 논에 물꼬가 터진 듯 거침없이 나온다. 노래 한 자락 끝날 때마다 한 잔의 곡차가 돌아가고 귀 쫑긋 세워 듣고 있던 매화 몇 잎 바람에 떨어진다. 도도해진 흥취에 동요에서 가곡으로 그리고 가요로 건너뛴다. 봄날의 아늑함과 매화 향의 알싸함, 곡차의 달콤함 탓이리라. 오페라 아리아 한 곡에 나도 판소리 한마당으로 화답한다. 봄날은 아직 익지도 않았건만 이렇게 가는 것일까. 알 수 없는 서러운 감성이 치솟아 하늘을 우러러보았다.

슬며시 일어서서 농원 주변을 산책했다. 드문드문 홍매화가 피고 복숭아꽃도 몇 그루 눈망울을 붉히고 있었다. 몇몇 여문우가 안주인과 함께 지천으로 돋은 산나물을 캐느라 분주하다. 비닐봉지에 소복이 담긴 봄 향기가 풋풋하고 싱그럽다. 언제 왔는지 새 한 마리가 눈앞 매화나무에 앉아 무어라 지저귄다. 그도 나처럼 마음씨 좋은 주인 초대로 봄나들이 왔을까. 매화 향 찾아 이 봄날 나와 친구하러 왔는가. 귀엽고 사랑스럽다고 생각한 순간 저쪽으로 날아가 버린다.

농원의 해거름은 한걸음 빨리 온다. 어느새 차려졌는지 만찬이 들판에 펼쳐진다. 구수한 된장국에 직접 담근 매실 장아찌, 두릅 장아찌가 방금 숨아 절인 채소와 함께 비빔밥으로 나온다. 우러난 마음으로 손님을 위하는 안주인의 정성이 더 맛깔스럽다. 내 언제 이렇게 손님을 불러 대접한 일이 한 번이라도 있었던가. 먹으면서도 감사하고 자신에게 부끄럽다. 더불어 살고 남을 배려하며 살아야 한다는 생각만 앞설 뿐 실천하기는 쉬운 일이 아니거늘. 문득 하늘을 보니 동녘 하늘에 상현달이 빙긋이 웃는다.

시나브로 매화 농원에 어둠이 깔렸다. 봄은 부르지 않아도 오고 배웅하지 않아도 가지 않는가. 봄을 찾고 느끼기 위해 농원을 찾았다. 언제부턴가 움츠려진 내 마음에 봄의 정령을 불어넣고 싶어서 글벗들 모임에 끼어들었다. 행복한 하루였다. 이제 꽃은 스러지고 봄은 가뭇없이 지나간다. 오늘 나는 봄꽃보다 소중한 마음을 얻었다. 그들과의 끈끈한 우정과 추억은 쉽게 사라지지 않을 것이다. 봄꽃보다 아름다운 주인의 심성은 오랜 시간 꽃불로 가슴속에 남는다.

봄을 읽다

봄은 춤추는 인형이다. 잔설이 희끗희끗한 산길 응달에 노란 복수초가 맑은 얼굴로 기지개를 켠다. 얼음장 밑으로 흐르는 계곡 물 소리도 낭랑하다. 찬바람 안고 눈 비비는 매화 눈망울이 붉게 물들어 심장이 두근거린다. 이른 새벽 는개 속에서 여기저기 산수유 꽃 피는 소리가 들리는 듯하다. 출근길 상동교上洞橋에서 펼쳐지는 신천대로新川大路 냇물 쪽은 갓 태어난 병아리 닮은 개나리가 지천이다. 바람 따라 춤추는 그들은 어제저녁 통화한 그리운 친구 얼굴이다.

봄은 꽃의 대유요, 꽃은 그의 악기다. 세상은 꽃 잔치로 펼쳐진 웅장한 관현악단이다. 꽃망울은 겨우내 간직했던 고운 사연들을 쉴 새 없이 허공으로 터뜨린다. 그의 노래는 꽃과

제
1
부

그
러
려
니

17

함께 연주한다. 붉은 꽃이 앞장을 서면 노란 꽃이 뒤따르고, 연분홍, 하얀 꽃이 줄지어 박자를 맞춘다. 수줍은 진달래 닮은 가곡이 들리고 우아한 왈츠 같은 백목련의 고고함도 흐른다. 초이레 달빛 아래 은은한 세레나데 같은 배꽃이 눈부시고 연분홍 복사꽃이 수채화 되어 현악 중주를 들려준다. 노랗게 들판 가득 물들이는 유채꽃 따라 경쾌한 미뉴에트가 흐른다.

봄은 싱싱한 에너지다. 여명의 정원에 들어가 눈감고 푸른 나무에 손을 얹어 보아라. 가지마다 물 길어 올리는 소리로 분주하다. 파르스름하게 변하는 듯 줄기마다 통통하게 살찌는 느낌이다. 연둣빛으로 단장한 새잎이 내 눈을 맑게 한다. 마른 가지마다 쏙쏙 고개 내민 잎은 이른 아침 이슬 머금어 싱싱하고 푸르다. 활기찬 그가 정원을 움찔거리게 한다. 느티나무 가지 끝에는 언제 날아왔는지 박새들이 술래잡기 놀이에 바쁘다. 연신 서로 부르며 이 가지에서 저 가지로 곡예를 한다. 엊그제 내린 비에 흙이 촉촉하다. 한쪽 구석에 얌전히 고개 숙인 할미꽃 서너 송이가 유난히 붉고 사랑스럽다. 꽃핀 자리마다 밝음의 메시지로 환하다. 먼저 핀 꽃이 조금씩 스러지면 파릇한 새잎이 꽃자리를 잇는다. 주고받는 왁자지껄한 꽃과 여린 잎 소리에 온 정원이 술렁인다.

봄은 새 학기에 펴낸 깨끗한 교과서이다. 펼쳐 든 책은 참신한 생각의 곳간이다. 그를 펼치면 빳빳한 새 종이 냄새 사이로 맑은 글이 주룩 쏟아진다. 숲길의 벤치에 앉아 그의 향기에 빠져보아라. 그 무엇과도 비교할 수 없는 알싸하면서도 신선한 문장들……. 한 장씩 넘길 때마다 가슴속에 환한 꽃불이 켜지는 그는 갓 발간한 언어의 보고이다. 그는 말할 수 없는 깊은 향기로 세상을 점령한다. 아날로그 시대의 그리운 정이 담긴 옛글과 톡톡 튀는 디지털 시대의 새 글이 어우러진다. 읽는 내내 마음이 파랗게 물든다.

봄은 기억 속의 그리운 사람을 불러낸다. 음력 삼월 초사흘 저녁, 해거름 녘 쪽빛 하늘에 또렷이 걸린 초승달이 시리다. 첫사랑의 눈썹 같은 상큼한 달이 눈에 안긴다. 한참 쳐다보면 공연히 눈물이 난다. 언제 이렇게 시간이 흘렀던가. 세월의 흐름을 아쉬워하며 불현듯 살아온 날을 돌아본다. 폭설이 쌓인 산길보다 운홍사雲興寺*의 눈부신 벚꽃이 보고 싶어 핸들을 잡는다. 운홍사雲興寺 가는 숲길은 온통 꽃눈개비로 흰 터널을 이룬다. 멀리서 달려온 바람이 소리를 내기도 전에 바닥은 연분홍 꽃비로 점박이 길이다. 부르지도 않은 골바람이 잠든 산을 깨우면 꽃길은 희미한 옛사랑의 흔적으로 촉촉이 젖는다.

봄은 순간이요, 손에 움켜쥔 신기루이다. '봄날은 간다.' 만큼 짜릿한 노랫말이 또 있는가. 그 어느 계절이 오는가 싶더니 팔랑 가버리는가. 그리움도 추억도 채 여물기 전에 흔적없이 사라져 버리는 봄날의 실체는 무엇일까. 잠깐에 꽃은 지고, 싱그럽고 푸른 냄새로 숲은 온통 초록빛이다. 밤새 커진 잎들이 흔들리며 서로의 어깨를 친다. 새로움, 새날, 새 세계를 꿈꾸는 듯 바람 따라 춤을 춘다. 순간에서 왔다가 찰나로 사라지는 삶이 아쉬워 오늘도 바람 소리에 앓는 숲에 들어가서 그를 찾는다.

봄은 꿈이요, 꿈은 그의 실체이다. 해마다 꿈을 꾸며 계절을 맞지만, 현실은 만만하지가 않다. 마음속에 그렸던 그를 품어보기도 전에 다시 여름에게 자리를 내 주고 나면 풋풋한 사랑도 한 점으로 사라진다. 아직도 갈 수 없는 길과 아득히 멀어져 손짓만 하는 그가 아른거린다. 내 삶의 봄날은 가뭇없이 가는가 보다.

*운흥사(雲興寺) : 달성군 가창 댐 안쪽 최정산 기슭에 있는 절.

얼쑤, 지화자

판소리연수 여행길이다. 하동 최 참판 댁 대청마루에선 곱게 차려입은 소리꾼의 멋들어진 춘향가 한 가락과 관객들의 추임새로 어깨춤이 절로 난다. 흥겹게 넘어가는 소리 마당에 모두 넋을 잃고 취한다. 애절한 가사는 듣는 이의 가슴으로 들어와 오장육부를 한 바퀴 돌아 손바닥을 통해 전해진다. 손뼉 치며 소리에 빠진 관객의 입이 귀에 걸린다.

십여 년 전이다. 반복되는 일상이 무료해 무엇인가 새로운 것을 찾고 싶었다. 명색이 국어교사로서 우리 음악 한 가락도 하지 못하는 데 문득 부끄러움이 생겼다. 우리 소리를 알고 싶어 지인의 추천으로 경기민요에 입문하였다. 매주 한 번씩 취미로 하는 반에 들어갔다. 남자는 거의 없고 중년 여성들이 대부분이었다. 내성적인 성격에 주저주저했지만 배우고 싶은 열정으로 구석 뒷자리에 빠지지 않고 참석했다. 장구 반주에 맞춘 경기민요 57호 이수자인 선생님의 선창에 한 소절씩 따라 부르는 수업에 조금씩 목이 트였다.

'청춘가'로 시작해서 '사발가' '베틀가' 등으로 이어지는 민요에 흠뻑 빠져 언제부턴가 기다리는 시간이 되었다. 내향적인 내 몸속에도 이런 끼가 있었단 말인가. 나도 모르는 내 성격이 신기했다. 누가 불러 주지 않아도 스스로 다가가는 신비한 매력이 국악에 있는 모양이었다. '창부타령' '정선아리랑'을 배울 때는 가슴 밑바닥에 갇힌 한의 서러움을 뽑아내는 듯 애틋하고 처절했다. 한국인의 얼 속에 은밀히 감춰진 민속 유전자 덕분인지 빨대로 물을 빨아올리듯 민요에 취했다.

이해할 수 없는 것이 사람의 마음이다. 직장 일이 바빠져 수업을 그만두게 되니 차츰 잊었다. 그토록 즐기던 우리 소리가 언제부터인지 시들해졌다. 대여섯 해가 훌쩍 지나갔다. 민요가 아닌 또 다른 무엇에 대한 갈증에 허덕였다. 6년 전 늦은 저녁이다. 적당한 볼거리가 없어 텔레비전 채널을 이리저리 돌리다가 우연히 전주 문화 방송에 들어갔다. '얼쑤, 우리 가락'이라는 국악 프로그램 방송 중이었다. 명창 왕기철 님

의 사회로 판소리 강습도 있었다. '아, 이것이로구나.' 귀가
번쩍 트였다. 다시 정신없이 빨려 들어갔다.

몇 년 동안의 자료를 찾아 음악파일을 만들어 MP3에 넣어
두고 산행길이나 산책 시 귀에 걸어놓았다. CD로 만들어서
운전할 때마다 틀어놓고 따라 불렀다. 조금씩 귀가 열렸고 비
슷한 소리를 흉내 내게 되었다. 소리도 소리지만 가사에 묻어
있는 내용에서 더 정이 가고 마음의 눈을 뜨게 만들었다. 서
민의 한과 정서가 배어 있고 음미할수록 가슴에 와 닿는 내용
과 재치 있는 표현의 매력에 넋이 빠졌다.

소리꾼이 소리를 하기 전에 목 다듬기로 불렀다는 '사철
가'의 한 구절을 읊어본다. '인간이 모두가 백 살을 산다고 해
도, 병든 날과 잠든 날 다 제하면 단 오십도 못 살 인생……'
'국곡투식 하는 놈과, 부모불효 하는 놈과, 형제화목 못하는
놈 차례로 잡아다가 저 세상 먼저 보내 버리고……'란 대목
에선 인생무상과 사람의 도리를 소리로 체험하는 교육현장
이다. '춘향 형상 살펴보니, 쑥대머리 귀신 형용, 적막 옥방
의 찬 자리에 생각난 것은 임뿐이라, 보고 지고 보고 지
고……'로 시작되는 '쑥대머리'를 부르노라면 일제강점기의
암울한 시절 우리 민족의 울분과 고난을 대변한 임방울 명창

의 음성이 들린다. 동동주 한 잔에 쉰 듯하면서도, 울퉁불퉁하고 투박한 옹기그릇에서 울리는 슬픈 소리가 나라를 잃고 비수에 꽂힌 듯한 답답한 서민의 심정을 달래주었으리라.

조선 영·정조 때, 오랫만에 사회적 안정을 바탕으로 경제적으로 윤택해진 서민층의 등장과 함께 판소리 '열두 마당'의 사설이 유행했다. 그 후 전북 고창에서 소리꾼 신재효가 가객들을 집에 합숙시켜서 정리한 것이 〈춘향가〉, 〈심청가〉, 〈수궁가〉, 〈흥부가〉, 〈적벽가〉, 〈변강쇠 타령〉 '여섯 마당'이다. 잠깐의 발전과 일제 강점기의 쇠퇴를 겪어오다가 최근에 다시 우리 것의 중요함을 인식하고 재조명을 받게 되었다. 오래전에 관중의 큰 호응을 받으며 상영된 영화 '서편제'에서는 소리꾼이 득음하는 과정의 어려움을 진지하게 보여주었다. 소리 한 가락마다 민족의 한과 정과 얼이 배어 있기에 우리의 사랑을 받고 있는 것이 아닐까?

무슨 큰 뜻이 있어 국악에 심취한 것은 아니다. 대학 동기들이 하나둘 기관장의 자리에 오를 즈음, 사교성도 없고 진골 성골도 아닌 나는 패배감이랄까 무력감에 빠졌다. 평생 승진 못한 평민일 수밖에 없는 속성을 지녔기에 소리의 애절함이 더 생생하게 다가왔다. 소리를 통해 예전에는 모르고 지냈던 여유와 느긋함에 빠질 수 있어서 좋았다. 내 마음을 치유하는 방법으로 우리 가락을 가까이 한 것이리라. 안다는 기쁨과 좋아하는 단계를 넘고 싶었다. 생각만 해도 미소가 지어지는 즐거움의 경지가 그리웠다.

베란다 창밖의 달빛이 흐릿하다. 달무리 져 이지러진 달을 보고 있노라니 춘향가의 '쑥대머리' 한 대목이 낭랑하게 들려오는 듯하다. 내가 여기에 정을 붙인 것도 우연이 아니다. 우리 말과 글을 전공하고 가르치면서 우리 가락도 흉내 내지 못한다는 내 안의 자책도 있었다. 아니, 누가 말해 주지도 가르쳐 주지도 않았건만 핏줄 속에 흐르고 있는 유전자의 반란이었을 지도 모른다. 일찍 배우고 싶었지만, 멍석을 깔지 못한 것이 아니었을까. 좋아하면 몰입하는 성격도 도움이 되었을 것이다. '내가 만일에 임을 못 보고 옥중 고혼이 되거들면, 무덤 근처 있는 나무는 상사목이 될 것이요, 무덤 앞에 섰는 돌은 망부석이 될 것이니…….' 슬픔이 절정에 도달한 마지막 대목을 읊조릴 때는 임방울 명창의 꺼칠한 소리가 환청되어 귓전에 파고든다.

여름에 빠지다

어둑새벽 꽃 피는 소리를 들어 보았는가. 여명이 채 눈을 비비기 전의 연 밭은 물안개가 자욱하다. 아기 엉덩이보다 큰 연잎마다 물방울이 또르르 투명하다. 바람 따라 일렁이는 영롱한 구슬이다. 보석을 보고 있으면 홀인 하듯 마음이 빨려 들어간다, 이따금 물개구리밥 사이에서 퍼덕이는 물고기가 새벽을 깨운다. 해 뜨기 직전의 못 풍경은 동화 속의 수채화이다.

장마다. 칠월 초까지는 억수장마가 잦더니 지금은 마른장마가 한창이다. 주체할 수 없이 쏟아지던 비는 동네 친구 찾아 잠시 남쪽으로 여행을 갔다. 더위에 뒤척이다 갑자기 번쩍하는 생각이 들었다. 홍연이 보고 싶었다. 둥근 달처럼 환하게 웃는 연꽃이 그리웠다. 누구보다 연을 사랑한 송나라 주무숙*이 아니라도 연꽃이 눈앞에 아른거려 참을 수가 없었다. '지금쯤 연꽃이 절정일 테지. 연꽃 피는 소리는 어떤가? 혹시 새벽이면 배시시 꽃잎 피는 모습도 볼 수 있지 않을까? 소설 속 심청이가 꽃에서 나오듯 한 번에 다 필까?'

  유등지 가는 새벽길은 상쾌함보다 텁텁한 공기가 먼저 달려든다. 습기를 머금은 바람이 달콤한 듯 칙칙하다. 차창을 열고 내닫는 길은 으슴푸레하다. 건너편 산기슭엔 화선지에 옅은 먹물이 번진 듯 운무가 허리까지 내려와 있다. 평일 새벽이라 도로는 한산하다. 콧노래를 흥얼거리며 들뜬다. 꿈을 꾸다 무엇에 홀린 듯 나섰지만, 정신은 또렷하다. 눈앞에 펼쳐지는 초록 들판도 여름을 노래하고 있다.

  조각 나무로 만든 산책로에 들어섰다. 가슴이 확 트인다. 활짝 핀 꽃과 부끄러운 듯 불그레한 봉오리만 쏘옥 내밀고 고개를 끄덕이는 꽃들의 잔치에 입이 벌어진다. 키 자랑하듯 들쑥날쑥 솟은 꽃대와 넓은 잎들을 보고 있으면 마음이 가라앉는다. 간밤에 소나기가 내렸는지 촉촉이 젖어 파릇파릇하다. 같은 못에 있더라도 피고 지는 시기는 사뭇 다른 모양이다. 둑 근처의 활짝 핀 꽃과 조금 떨어진 봉오리들이 조화를 이룬다. 꽃 피는 소리와 함께 절정의 삶을 보러 왔지만 이미 삶을 마감하고 꽃대 위에 연밥만 동그마니 남아있기도 하다. 펼쳐진 연 밭에서 내 삶을 돌아본다. 내 인생의 싱싱한 시간은 언제였을까. 활짝 핀 잎들은 아직도 싱싱한 여름을 노래하지만, 꽃 떨어진 대는 삶을 갈무리하는 결실로 가고 있다. 오고 가는 것이 당연한 일이지만 지는 꽃을 보니 간다는 사실이 성큼 눈앞을 흐리게 한다.

한때는 사라진다는 것의 슬픔에 빠진 적도 있었다. 오늘 떨어진 연꽃을 보며 많은 생각이 앞서 간다. 간다는 것은 다시 시작하는 밑거름이 된다는 것이다. 지는 꽃잎에서 무엇을 읽을 줄 알아야 한다. 떠나야 할 때 떠나는 사물의 뒷모습은 한없이 평화롭다. 가지 않으면 정체되어 썩게 마련이다. 머무르는 것은 타성에 젖어 생명력을 잃는다. 세상은 언제나 새로움을 요구하고 개혁과 변화를 통해 한층 더 성숙한 세계로 나가기 때문이다. 영원한 것도 절대적인 것도 없을 것이다. 해가 뜨고 달이 지는 것처럼 순리에 맡기고 살아가라고 말하는 듯하다. 둑길의 나무들도 진초록으로 갈아입은 지 오래다. 저 잎도 이 여름이 지나면 사라질 것이 아닌가. 나뭇잎 사이로 비치는 햇살의 반짝임도 시시각각 밝기를 다르게 한다. 바라보는 사람의 마음마저 퍼렇게 빛을 낸다.

꽃대 위에 잠든 잠자리 한 마리가 눈에 들어온다. 문득 내가 저 잠자리가 아닐까도 생각된다. 살아온 날이 하루 같고 하늘거리는 꽃대 위에서 곤한 잠을 자는 것이 나 자신이 아닐까. 내 삶에서 퍼덕이던 푸른 시간은 언제였을까. 꼭두서니 빛 새벽하늘같이 맑은 이십 대도 있었고, 연둣빛 은행잎 닮아 살아가던 삼십 대 시절이 그리워진다. 돌아보니 순간순간이 절정이었으리라. 가늠하지 못하고 살아온 날이 부끄러울 뿐이다.

못 가 들길로 천천히 걸었다. 달맞이꽃과 엉겅퀴, 개망초가 지천이다. 이른 아침 달맞이꽃은 노랑나비 떼가 춤을 추는듯하다. 연꽃 피는 소리를 듣는다는 핑계로 찾아왔지만 가당찮게 그 소리가 들릴 리가 없다. 첫새벽 꽃들의 모습에서 절정의 여름에 취한 즐거움만 남는다. 사실 꽃이 하루 중 언제 피는지 알 수가 없다. 둥둥 북소리가 울리는 듯한 보름달이 뜰 때 피는지, 아무도 모르게 잠든 시간에 눈을 비비는지 알 수가 없다. 쨍쨍 불같이 내리붓는 한낮은 아니리라. 잠자리 날개 같은 순결한 옷을 한 겹씩 벗는 시간은 동트기 직전의 첫새벽이 아닐까 하는 생각이 든다. 아니 마음이 평온하고 온 하늘의 별이 마구 쏟아지는 여명, 닭 울기 직전에 피지 않을까 생각하며 눈을 감는다.

스위스의 철학자인 '알랭 드 보통'은 "세상에서 가장 부유한 사람은 상인이나 지주가 아니라 밤에 별 밑에서 경이로움을 맛보거나 다른 사람의 고통을 해석하고 덜어줄 수 있는 사람이다."
라고 했다. 꽃피는 소리를 들으려 하고, 겨울 군밤 냄새를 좋아하고, 별이 쏟아지는 밤에 감동할 줄 아는 이들이 많을수록 세상은 둥글어진다.

느린 걸음으로 조금씩 여름은 깊어만 간다.

* 주무숙(周茂叔) : 중국 북송시대 유학자. 연을 무척 사랑하여 '애련설'이라는 명작을 남김.

그러려니

누구의 마음이 이렇게 맑을까. 지난밤 내린 눈이 산길을 하얗게 덮었다. 차디찬 영하의 허공을 뚫고 남모르게 소록소록 내린 모양이다. 이른 아침 이불도 개지 않은 눈길에 뽀드득 소리를 내며 오른다. 설국에 잠긴 깨끗한 정령을 깨우지 않으려는 듯 숨소리도 죽인다.

늘 흐릿하던 정신이 조금 산뜻해진다. 평상시 무엇인지 아쉬움으로 가득 찬 내게 주는 새해의 선물일까? 사실 지난 몇 달 동안 내내 무엇이 모자라거나 궁핍한 사람처럼 가슴이 답답했다. 콕 집어서 말할 수 없지만 무거운 어떤 것이 나를 누르고 있는 것 같았다. 마치 물은 마시고 싶지 않은데 갈증에 시달리는 사람의 모습이랄까.

마음의 눈을 잃은 듯 몰입이 잘 되지 않았다. 감사의 마음과 열정이 식은 것인지 아이의 눈으로 보지 못한다. 긴 겨울 휴가를 얻어 누구보다 편히 지내지만, 의식 속에는 기쁨이 춤을 추지 않는다. 마음 한쪽에 구멍이 뚫린 것이다. 짧은 시간의 여유를 얻지 못하고도 살아가는 사람이 대부분이다. 그들보다 몇 배나 길고 좋은 조건을 가지고도 즐거움을 느끼지 못하는 안타까움이 나를 슬프게 한다. 감각의 마비도 생겼으리라. '네가 나를 모르는데 난들 너를 알겠느냐.' 라는 노래도 생각난다. 부끄럽지만 어쩔 수 없는 일이다.

몸도 마음도 전성기를 지나 삶의 전환기에 온 모양이다. 지난해 절친한 동료의 퇴직이 마음속에 감춰진 무엇을 건드린 듯하다. 남보다 편안하고 내가 하고 싶은 일을 많이 하면서도 즐겁다는 생각이 사라졌다. 아무리 생각해도 알 수가 없었다. 그리움의 창고에 감성의 샘물이 말라버린 것일까. 가슴 한쪽에 구멍이 난 듯 서늘한 바람만 소리 없이 지나가는 게 아닌가.

"너 혹시 돈 사기당한 것 아니냐?" 한쪽 구석에 말없이 앉아있는 내게 친구가 물었다. 모처럼 만난 동기 모임에서 예전과 다른 내 모습을 한참 관찰하다가 조심스레 던진 말이다. 원인 없는 증상이 있을까마는 나도 알 수 없는 일이 일어났다. 지난 늦봄 어느 날, 시름시름 정신이 흐려지고 몸은 나날이 수척해졌다. 여러 병원에 들러 진료를 받아도 병명도 알 수 없었다. 시간이 갈수록 좁은 공간에는 답답해서 견딜 수 없는 증세도 나타났다. 수시로 열이 오르락내리락하고 식은땀이 흐르기도 했다. 갱년기 증상이 아닐까 하고 신중하게 진단해 주는 지인 의사도 있었다. '이러다가 내가 죽는 것이 아닐까.' 겁이 덜컥 나고 온갖 생각이 꼬리를 물었다. 결국 우울증이 왔다는 진단을 받았다. 다행히 세월이 흐르니 조금씩 차도가 있었다. 몸이 강건하면 정신도 맑아진다는 신념으로 운동에 열정을 쏟았다. 체력이 조금 되살아났지만, 마음은 아직도 예전 같지가 않다.

비스듬히 누운 밤나무 굵은 가지에 쌓인 눈이 말의 갈기를 닮았다. 듬성듬성한 가지 사이로 쏟아지는 햇살이 눈부시다. 등산화에 묻은 눈을 털면서 잠시 휴식을 취한다. 햇빛에 반사된 눈이 갓 빻은 쌀가루처럼 아름답게 반짝인다. 눈길에 묻힌 상수리나무 가랑잎들이 걸을 때마다 바닥에서 제 몸을 살짝 내보인다. 지팡이를 앞세워 조심스레 올라가지만, 결코 만만하지 않은 길이었다. 자칫하면 미끄러져 다칠 수도 있다. 아름답고 순결한 공간에 들어가려면 경건하고 깨끗한 마음으로 오르라는 메시지 같다.

정상으로 가는 갈림길이 나왔다. 댐 능선으로 이어진 왼쪽 길을 포기하고 오른쪽 계곡을 끼고 있는 산길을 택했다. 그때 멀리서 한 노인이 내려오고 있었다. 산행 때마다 자주 뵌 분으로 언뜻 봐도 나이가 지긋한 분이다. 하얀 눈길을 지팡이에 의지해서 조심조심 내려온다. "안녕하십니까? 어르신." "아! 예, 눈이 와서 많이 미끄럽네요." 이제 아침 아홉 시를 조금 넘긴 시간이다. "부지런도 하십니다. 벌써 하산을 하시니." "늙은이가 뭐 할 일이 있어야지요. 일찍 일어나 이렇게 산에 어슬렁거리는 것이 취미라오." 굵게 파인 이마 주름 사이로 세월의 흔적이 뚜렷하다. "연세가 많으시겠는데 그래도 정정하십니다." "그럭저럭 살다 보니 여든여덟까지 왔네요." "아이고, 대단하십니다. 어르신. 조심해서 내려가세요."

무심히 살아온 듯하지만, 저 노인도 치열한 삶을 살았을 것이다. 깊은 대화가 없었기에 그분 삶의 깊이와 살아온 과정은 알 수가 없다. 지금 사랑하는 아내와 가족들도 같이 살고 있을까. 친구들은 얼마나 생존해 있을까. 통계상으로 보면 대부분은 저세상으로 갔을 것이다. 무료한 일상 속 고독한 여생을 아침마다 산길을 오르내리면서 풀어나가려는 듯 보인다. 흰 눈 속에 작은 점이 되어 내려가는 모습을 한참이나 지켜보았다. 담담한 미소를 띤 하회탈 닮은 노인의 얼굴에서 앞으로 내가 살아가야 할 길이 어슴푸레 보인다.

두 시간 남짓 오르니 오늘의 목적지에 도달했다. 뽀얀 눈을 이고 지그시 눈을 감고 명상에 잠긴 아름드리 적송 두 그루가 가슴에 안긴다. 반가움에 미끈한 그의 허리를 흠뻑 어루만진다. 거북등처럼 툭툭 갈라진 거친 껍질엔 오랜 친구를 만난 듯 정겨움이 묻어난다. 지난밤 함박눈 내리던 계곡을 생각하며 눈을 감는다. 귀를 살며시 대면 지난 여름날 무더웠던 숲 이야기까지 들린다. 때마침 날아든 아침 새소리가 경쾌하다. 물소리와 솔바람 소리도 다투는 듯 시원하다.

천천히 하산한다. 눈 덮인 산길은 내려갈 때가 더 위험하다. 아니 삶의 여정 모두가 반환점을 지나고부터가 어렵다. 내가 알지 못하는 내 마음을 다독거린다. 오랜 시간 돌아보면 결국 한 가지 결론에 도달한다. 욕심과 집착이 떨어지지 않는다는 사실을. 버리지 못하고 미련만 남은 허상을 꼭 안고 살아가는 이 일을 어떻게 해야 하나. 멀리 흰 눈 속에서 한 점이 움직이는 것 같다.

언젠가 책에서 본 한 구절이 떠오른다.

'세상사 그러려니 하며 살아가야지요.'

담과 벽

　'콰르릉, 쾅 쾅.' 휴일 아침부터 천둥소리와 함께 장대비가 요란하다. 멍한 표정으로 책상 앞에 앉아있던 내 눈에 확 들어오는 것이 있었다. 책장 맨 아래 칸에 꽂혀있는 파란 표지의 책. 굵은 글씨의 제목이 요즘 내 마음 같아 책을 뽑아들었다. '상실의 시대'였다. 창밖의 빗줄기가 더욱 사나워졌고 불현듯 십여 년 전의 일이 떠올랐다.

　무라카미 하루키를 만난 것은 순전히 그녀 때문이었다. 시를 좋아하는 나와, 소설을 좋아하는 그녀는 서로의 관점은 달랐지만, 일상의 삶에서 문학을 사랑한다는 점은 비슷했다. 첫 모임에서 그녀가 내 앞에 앉았기에 인연의 끈이 강하게 맺어진 듯하다. 한번 만나면 오래 막혔던 물꼬가 터진 듯 대화가 이어졌다. 아는 사람이 별로 없는 타향에서 모처럼 어릴 적 친구를 만난 사람처럼 풀어놓은 얘기는 훌쩍 두세 시간을 넘기곤 했다.

한 해가 가기 전 크리스마스를 며칠 앞둔 날이었다. 밝고 산뜻한 분홍 스카프를 매고 나타난 그녀는 도톰한 물건을 손에 들고 있었다. 전과같이 한 잔의 커피로 자잘한 일상을 얘기하고 있다가 불쑥 내민 아담한 꾸러미. 잡화와 함께 예쁘게 포장한 무라카미 하루키의 '상실의 시대'라는 소설집이었다.

이월 첫째 주 화요일. 경양식점 '르네상스'의 초저녁은 단란한 가족손님 몇 팀과 차를 마시는 대여섯 사람만 있을 뿐 고즈넉했다. 맑은 공기와 울창한 숲으로 감싼 앞산 순환도로 중간에 자리해 직장 동료와 서너 번 들른 곳이다. 르네상스 시대의 아름다움을 느끼게 하는 장식이 상호 이름과 걸맞아 중세의 유럽 분위기에 취할 수 있는 음식점이다. 우리는 즐겨 마시는 카푸치노 커피를 시켜놓고 차가 나올 동안 잠시 말이 없었다.

최근 읽은 소설과 카페에 올라온 시를 얘기하면서 대화의 매듭을 풀었다. 그러다가 '상실의 시대'에 대한 얘기로 들어갔다. 처음 이 소설을 읽고 내 머릿속에는 상당한 혼란이 일어났었다. 이제까지 생각하던 남녀의 관계와 전혀 다른 이웃 섬나라의 개방적인 성문화는 나에게 큰 충격이었다. 주인공 나오코의 죽음을 통해 어떤 진리도 사랑하는 사람을 잃은 슬픔을 치유하지 못한다는 얘기에 초점을 맞추었다. 세상의 그 어떠한 것도 이 슬픔을 치유할 수 없다는 작가의 얘기를 주된 화제로 삼았다.

"그럼, 왜 우리는 살아가면서 사랑을 하게 될까요?"

조심스러운 그녀의 물음에 나는 한참 대답을 하지 못했다. 그저 그녀의 까만 눈동자 속에 보일 듯 말 듯 글썽거리는 이슬만 살짝 훔쳐보았다.

'우리는 그 슬픔을 실컷 슬퍼한 끝에 거기서 무엇인가를 배우는 길밖에 없으며, 그리고 그렇게 배운 무엇도 다음에 닥쳐오는 예기치 않은 슬픔에는 아무런 도움이 되지 못하는 것이다.' 라는 작자의 감정 고백에서 그 답을 생각해 보았다.

"네, 그렇지요. 사람을 사랑하는 진정한 의미는……."

"여기서는 결국 사람이 살아 있고, 살아간다는 의미가 답이 아닐까요?"

"그 살아있다는 것은 죽음까지도 포함하는 미완성이지요."

"외로운 젊은 날의 사랑과 방황과 좌절, 그리고 죽음으로 연결되는 운명론적인 의미라고 볼 수도 있지요."

"결국, 고독해질수록 사랑하게 되고, 그리고 마침내 혼자가 되는 것입니다."

가만히 고개를 숙인 그녀는 손가락만 만지작거릴 뿐이었다.

갑자기 창밖이 소란스러워진다. 비가 오는 모양이다. 미처 우선을 챙기지 못한 사람들이 옷에 젖은 빗물을 털면서 상기된 얼굴로 들어온다. 올해는 유난히 따뜻한 겨울이라 큰 추위를 느끼지 못했지만, 2월의 밤비는 사람의 가슴을 더욱 허전하게 한다. 사이버 문학 카페에서의 만남이 이렇게까지 이어질 줄은 그녀도 나도 생각조차 못 했다. 아마 그녀가 다른 먼 도시에 살고 있었으면 불가능한 일이었으리라. '인간은 누구나 외로운 존재이다. 누구도 그 외로움을 선택할 자유도 배척할 자유도 없다. 그저 외롭지 않은 척 행동할 따름이다.'라는 어느 문필가의 말로 오늘을 설명한다면 비겁한 변명일까? 본능을 속인다는 것은 더욱 외로움에 빠지는 것이 된다고 믿기에.

'르네상스' 밖을 나오니 비가 더 세차게 쏟아진다. 잠시 기다리게 하고 급히 승용차에서 우산을 가져왔다. 좁은 우산 속은 두 사람이 비를 긋기에 부족하다. 자연스레 바투 붙어 걷는 그녀의 검은 머릿결에서 아찔한 향기가 풍긴다. 그때였다.

"K 님! 잠시 걸으면 안 될까요?"

비가 조금 잦아들었지만, 각각 한쪽은 비에 젖어 옷이 흥건했다. 그녀의 젖은 머리가 볼에 바짝 달라붙는다. '소나기' 소설의 주인공이 된 기분이다. 들뜬 마음은 탱탱한 애드벌룬이 되었다. 함께 우산을 쓰고, 겉으로는 '상실의 시대'의 주인공인 와타나베와 나오코, 그리고 미도리의 삼각관계를 이야기하며 걸었다. 하지만 속으로는 팔만 뻗치면 넘어갈 듯한 담과 절대로 넘어서는 안 될 벽이 아득하게 펼쳐질 뿐 건널 수 없는 도도한 강물만 바라보고 있는 심정이었다.

어느새 비는 그치고 하늘은 먹구름만 짙은 어둠을 지키고 있었다. 비가 온 탓에 승용차 차창은 성에로 가득하다. 운무 속에 우주공간을 유영하듯 천천히 목적지로 운전했다. 그녀의 아파트가 가까워지자 알 수 없는 아쉬움이 밀려든다. 짧은 만남 뒤에는 숨은 욕망과 회한만 가득하다. 내 안에서는 지킬 박사와 하이드씨가 끝없는 싸움을 한다.

"즐거웠어요. K 님. '낭문방'*에서 만나요. 좋은 날 보내세요."

다시 벽 속으로 사라진 그녀를 어둠 속에서 한참 지켜보고 있었다.

　‘사랑한다는 것은 상실 그 외로움 쓸쓸함 속으로 들어가는
것이며, 그 외로움 쓸쓸함과 하나가 되는 것이다.’ 우연히 펼
친 책 아래쪽에 선명하게 밑줄 친 문장이 또렷하게 머릿속에
들어앉는다.

　* ‘낭문방’ : 사이버 문학토론 카페 이름.

가을에 물들다

　백로白露 지난 하늘이 한층 가깝게 다가온다. 오랜만에 만난 숲은 많이 수척하다. 겹친 태풍이 할퀸 오솔길에는 어지럽게 누워있는 나뭇가지가 눈에 들어온다. 이 길은 마음이 허전할 때마다 오르는 길이다. 드문드문 떨어진 잎을 보니 '산다는 것이 무엇일까'가 문득 생각난다. 가을 병일까? 지난해부터 가슴이 답답한 날이 많았다. 그런 날에는 산을 찾았고 숲에 안기면 조금씩 안정이 되었다. 이유 없는 증상이 있겠느냐마는 원인을 알 수가 없었다. 뇌에서 분비되는 어떤 물질이 모자라서 그럴 수 있다는 의학적인 설명도 들었지만 이해가 가지 않았다.

　'이럴 수가?' 입이 떡 벌어졌다. 골 중턱 숲길에 아름드리 소나무가 양팔을 벌리고 엎드려 있지 않은가. 태풍 '볼라벤'의 짓이다. 수년 전 그렇게 사납던 태풍 '매미'나 '나비' 때도 괜찮았는데……. 기어가듯 몸을 낮추어 길을 지나갔다. 누운 나무는 푸른 물기를 머금은 채 아직 살아있는 것 같다. 시골 재래시장 전깃줄처럼 어지럽게 얽힌 허연 뿌리가 끊어진 채 황토에서 빠져나와 내 가슴을 찌른다. 얼마 지나면 그도 삶을 마감할 것이다. 거북 등 닮은 둥치에 손을 얹고 그의 일생을 곰곰 생각해봤다. 수령이 백여 년은 넘었으리라. 나보다 훨씬 오래 살았고 온갖 풍상을 겪고도 이 자리를 지키고 있었는데 이제 그의 운명이 다했음일까? 천수를 누리지 못하고 태풍에 쓰러진 그를 보니 우리네 삶과 비교된다. 큰 사고 없이 일생을 사는 것의 어려움을 그가 말해 주는 듯하다.

한 시간 반쯤 올라 목적지에 도착했다. 예전에 내 아이들이 어릴 때 같이 와서 자주 놀던 곳이다. 오늘은 그날의 추억을 되찾으려 그물침대를 준비했다. 오랜 세월이 지났지만, 주변의 바위와 계곡은 별 변화가 없다. 모처럼 거는 그물침대에 가슴이 설렜다. 적당한 곳에 자리를 잡고 그물을 매달았다. 앉아서 흔들거리다가 이내 누워서 편안히 하늘을 우러렀다. 나뭇잎 사이로 바람이 지나가고 구름과 햇살이 아른거린다. 행복하다. 누구도 부럽지 않고 아쉬움도 없는 천국에 오면 이런 느낌일까. 짜릿한 햇살이 나뭇잎 사이로 비집고 쏟아진다. 편안하다. 살랑살랑 불어오는 바람 한 줄기에 세상은 온통 내 것 인양 황홀하다. 무어라 말할 수 없는 감흥으로 몸이 가벼워진다. 아이들 웃음소리가 들린다. 가을이 내 몸 구석구석까지 물든다.

그때였다. '윙' 소리와 함께 땅벌 한 마리가 내 주위를 돈다. 이내 팔에 소름이 돋았다. 매스컴에서 가을철 벌에 쏘이면 사망할 수도 있다는 기사를 보았기에 겁이 났다. 큰일이다. 살며시 눈을 뜨고 보니 보통 벌보다 엄청나게 큰 놈이다. 숨을 죽이고 눈을 감았다. '부근에 벌집이 있는가.' '재수 없게 자리를 잘못 잡았는가.' 온갖 생각으로 천국 주변에서 즐기던 마음이 순식간에 지옥 가까이 떨어진다. 다행히 조금 있으니 다른 곳으로 날아갔다. 가슴을 쓸어내렸다. 허탈한 마음에 곰곰이 생각에 잠겼다. 내가 무엇이란 말인가? 어쩔 수 없는 돌발 상황이면 누구나 같겠지만, 너무 나약한 자신이 밉다. 나이가 들면 벼가 익어 고개를 숙이듯 수양이 되고 원숙해진다는 옛사람의 말이 내게는 맞지 않은 것 같다. 작은 벌 한 마리에도 어쩔 줄 몰라 하는 자신이 부끄러울 뿐이다.

다시 눈을 감고 귀를 열었다. 비로소 계곡물 소리가 조금씩 들려오고, 바람에 일렁이며 서걱거리는 나뭇잎이 눈앞에 떠오른다. 흐느끼는 듯하면서 고양이가 담 넘어가는 듯한 소리, 숲 덤불에서 바스락거리는 소리, 허공에서 잎끼리 부딪치는 소리가 온갖 상념을 불러온다. 살아온 날이 아름다운 기억으로 떠오르기도 하고 아쉽고 안타까웠던 순간도 되살아난다. 내 삶의 길에서 갈림길은 어디였을까? 인생이 아름답다고 하지만 느긋하게 누리지 못하는 내가 안타깝다. 지난해 유명을 달리한 친구의 웃던 얼굴이 겹쳐지고 아직 병상에 누워있는 동무의 음성도 들리는 듯하다. 멀리 떨어져 있는 벗에게 안부라도 묻고 싶다. 주소록을 찾아 통화를 시도하지만, 내내 통화권 이탈로 연결되지 않는다. 영원할 듯하지만, 찰나로 마무리되는 삶이 얼마나 많은가? 매스컴에서는 연일 평균 수명의 연장을 보도하고 있지만 가까운 지인의 삶은 봄꽃과 같아 허망하기도 하다.

어디서 새 울음소리가 들린다. 가만히 눈을 떴다. 건너편 나무 꼭대기에서 한 무리의 새들이 돌림노래라도 하듯 지저귄다. 멍하던 마음이 따뜻해진다. 시작도 끝도 없이 들쑥날쑥하던 상념은 순식간에 날아가고 새들의 노래가 귀를 두드린다. 의식 밖에 허덕이던 생각이 화들짝 사라지고 영롱한 구슬 부딪치는 소리만 들린다. 하늘은 여전히 나뭇잎 사이로 반짝이는 은가루를 뿌린다. 눈이 시리다. 어찌 보면 뒤집히며 몸 흔드는 잎이 사람 같다. 수많은 손을 흔들며 경쟁하듯 모여 사는 군중으로 보인다. 자세히 쳐다보니 잎의 빛깔과 모양도 조금씩 다르다. 약간 큰 잎과 작은 잎, 푸른 잎과 벌써 물들기 시작해 노릇노릇한 잎이 어울려 살아간다. 하나하나가 모여 큰 나무를 만들고 다시 숲을 이루고 세상을 꾸려간다.

천천히 일어나 계곡 아래로 내려갔다. 투명한 물에 비친 나무가 수채화 한 장이다. 물에 잠긴 나뭇잎 몇 장이 나를 쳐다본다. 그 속에 그리운 얼굴들이 하나 둘 겹쳐진다. 우연으로 포장된 필연도 있었고 필연인 줄 알았던 우연도 있었다. 스쳐가거나 간직된 사람도 모두 순간이다. 오래전 석용산 스님의 책 한 구절이 떠올라 혼자 중얼거린다. '여보게, 저승 갈 때 뭘 가지고 가지? 솔바람 한줌 집어 가렴. 농담 말구. 그럼, 댓그늘 한 자락 묻혀 가렴.' 삶에서 죽음이 오지 않는 사람은 없을 것이다. 인연에 감사하고 현재의 삶에 따뜻함을 가지고 살아가고 싶다. 눈앞의 풀 한 포기, 나뭇잎 하나 소중하지 않은 것이 없어 보인다. 고개를 돌리니 알싸한 흙냄새와 풀냄새가 어울려 향긋한 숲 향기를 뿜는다. 조금씩 물든 잎들이 사람을 포근하게 한다. 이 계절이 깊어지면 숲은 절정으로 황홀하게 치장을 하리라. 내 마음도 조금씩 풍요로워지리라. 하나

둘 잎 떨어지는 소리에 가을은 익어간다. 꽃 피우고 새잎 나고 물들고, 그리고 떨어지면 사라지리라. 땅속에 묻힌다고 그들의 삶이 끝난 것이 아니다. 내년에 새로 필 근원의 세계로 돌아가는 것이다. 사라짐은 이별이 아니라, 다시 필 새 생명을 위한 시작이 아닐까 생각하며 계곡과 작별했다.

따뜻한 외로움

며칠 전 퇴근길이었다. 이리저리 채널을 돌리다가 한 음악 방송에 주파수를 맞추었다. 청취자와 전화 통화를 하여 음악 신청을 받고 사연을 소개하는 프로다. 한 청취자가 갑자기 무척 우울하다는 이야기를 전해왔다. 별 이유도 없다고 한다. 진행자의 재치 있는 질문 끝에 그녀는 올해 사십 나이가 되었다는 대답을 했다. 예전에는 자기가 도저히 이 나이가 된다고 생각도 하지 않았단다. 운전 중에 듣던 나는 피식 웃음이 났다. 하지만 잠시 뒤에 깊은 공감이 왔다. 아홉이라는 수를 넘어 다음 십의 자리 숫자가 바뀐다는 사실에…….

사회학자 피터 라슬렛은 인생을 4단계로 구분하여 설명했다. 1기 인생은 태어나서 배우고 성장하는 시기이고, 2기 인생은 가족을 이루고 돌보며 직업인으로서 사회에 이바지하는 시기라 한다. 3기 인생은 퇴임 후 이제까지 일 때문에 미뤄두었거나 하지 못했던 혹은 하고 싶은 일을 맘껏 즐기는 인생의 황금기라고 정의한다. 나 자신을 돌아보았다. 얼마 지나면 평생 다니던 직장을 그만두고 3기 인생을 시작하려는 시기가 된다. 하지만 황금기라기보다 조직에서 떨어진다는 마음이 앞서는 것은 무엇으로 설명할까?

'백설 공주' 이야기에도 외로움의 본성을 엿볼 수 있다. 인간은 누구나 혼자 있기를 두려워한다. 동화 속 주인공도 일곱 난쟁이와의 일상은 따분했으리라. 사람들과의 관계가 없었고 외로움을 견디지 못했기에 그녀는 같은 실수를 거듭한다. 난쟁이들이 끝까지 주의하라고 하였지만, 결국 방물장수에게 문을 열어주고 마법에 걸리게 된다.

형체도 냄새도 없이 소리 없이 다가와 사람을 괴롭히는 그의 존재는 무엇일까? 나는 퇴근 후 늘 헬스장에 들렀다가 집으로 간다. 몇 달 전 일이다. 헬스장에 들어서니 분위기가 좀 이상했다. 강사들이 모두 바뀌어 있는 것이 아닌가. 어찌 된 일인가 알아보니 경영자가 옆방의 개인 교습하던 바디스트 강사들로 교체한 것이다. 몇 년간 반갑게 인사하고 정들었던

강사들인데 한마디 말도 없이 갑자기 사라졌다. 내 몸속의 무엇이 빠져나간 느낌이었다. 운동이 하기 싫어졌다.

산다는 것은 다른 이들과 관계를 맺는다는 뜻이다. 아무리 뛰어난 사람도 홀로 지내기는 쉽지 않다. 얼마 전 방송매체의 통계에서도 노인들의 가장 큰 어려움은 고독이었다. 자식들은 도시로 다 내보내고 혼자 살아가는 지리산 기슭의 한 할아버지도 겉으로는 허허 웃으며 입으로는 즐겁게 산다고 얘기한다. 하지만 밤새도록 텔레비전을 켜 놓아야 잠을 잘 수 있단다. 그 소리라도 없으면 고요하고 적적한 긴 밤을 감당하기가 어렵기 때문이란다.

삶의 리듬을 잃고 한참 슬럼프에 빠져 있던 내게 무언가가 번쩍 스쳐 갔다. '피할 수 없으면 즐겨라.'라는 말이다. 이럴 것이 아니라 즐기자. 누구나 삶의 조건이 다르고 상황에 따라 감정의 정도가 다를 뿐이다. 나약한 감성주의에 빠져 허덕일 필요가 없다. 그래도 난 행복하게 살지 않았나 하고 여기니 차츰 마음이 편해졌다. 혼자만의 감성에 젖어 뒤척인 자신이 부끄럽다.

어제 저녁에도 신천 둔치의 벤치에는 황혼을 앞둔 어른들이 무심한 표정으로 앉아 있었다. 가벼운 산책 후 나도 슬며시 옆자리에 앉아 물끄러미 앞산을 바라보았다. 하얗게 서리가 내린 할머니와 지팡이에 의지한 노인의 대화가 바람결에 풀잎을 스친다. 화제는 외로움이었다. 한참 지난 뒤 머리가 쉰 할머니의 마지막 말이 크게 내 귀를 울렸다. "외롭다, 외롭다 하며 살 필요는 없는 거야. 사는 자체가 누구나 다 외로운 거야. 나는 혼자 살아도 온종일 TV만 틀어 놓고 있으면 재미가 있어. 그 속에 모든 사람의 인생이 다 나오는데 뭐가 외롭다고 생각을 해." 답답함을 토로하던 노인의 말이 쑥 들어갔다.

외롭다는 것은 나이를 먹는 것이 아닐까? 무심히 보던 꽃들도 하나하나 다른 의미로 보이는 나이이다. 초대하지 않았지만 아무런 기척도 없이 슬며시 옆자리에 앉아 속삭이는 존재이다. 그를 이기는 방법은 무엇일까? 사람들은 누구나 어울려 살아간다. 어울림이 없는 삶은 뿌리 없이 사는 식물과 다를 바가 없다. 사람은 타인과 관계를 통해, 감정을 공유하며 삶의 행로를 함께 여행한다. 누구나 관계를 연결함으로써 고독에서 벗어날 수가 있다. 상대가 사람이든 애완동물이든 자연이든 상관없다. 내가 먼저 관심을 두고 손을 내밀 때 외로움은 멀리 사라지리라.

늦가을 거리에 노란 은행잎이 수북하다. 나는 바람에 구르는 낙엽을 보고 감상에 젖지만, 은행나무 입장에서는 내년의 생존을 위해 잎을 떨어내는 과정이다. 관점의 기준에 따라 외로움도 되고 삶의 순리도 된다. 무슨 말을 해도 "그런가?" 하며 빙긋 웃던 친구 얼굴이 떠오른다.

오늘 저녁에는 그 친구에게 따뜻한 안부 전화나 해야겠다.

달밤

'달 따러 갈래?' 느긋한 오후에 날아온 문자메시지 한 통. 퇴근 시간까지 두어 시간 남았다. '참 어제가 보름이었지. 근데 잔뜩 흐린 날이라 달 흔적도 못 봤네. 지금 하늘을 보니 오늘 밤은 황홀하겠는걸.'

달리는 차창으로 다가온 달이 수줍은 듯 발그레한 얼굴을 내민다. 꽉 들어찬 만월이다. 시골 산등성이의 달을 그리며 청도 이서 쪽으로 핸들을 잡았다.

초저녁이지만 어둠이 깔린 길은 아늑하다. 겨울답지 않은 따뜻한 날씨가 코끝에 훈훈한 바람을 몰아준다. 새롭게 단장한 유호연지 주차장에 들어선다. 그때였다. 건너편 산봉우리 위로 잘 익은 홍시 닮은 달이 쑥 고개를 내민다. "야! 달이다." 숨이 턱 막힌다. 영화 속 스크린에서 만난 일출 같이 이글거리진 않지만 언제 저만큼 달이 정열적으로 보인 적이 있었던가. 시골이라 그런가? 보는 순간 가슴 속으로 뜨거운 무엇이 쑥 들어온다. 눈물이 왈칵 쏟아질 뻔했다.

달포 전, 지리산 천왕봉 등산길에 장터목산장에서 칼잠을 청하고 있을 때다. 저녁 여덟 시에 불을 껐지만 좁은 잠자리에다 여기저기 뒤척이는 소리 때문에 잠을 이룰 수가 없었다. 종일 눈길을 걸어온 몸은 숨죽인 배추처럼 축 처졌지만, 정신은 초롱초롱했다. 자정 가까이 되었을까? 갑갑함을 견디기 어려워 잠시 밖으로 나왔다. 그때 중천에서 만난 열이틀의 달! 오리온, 북두칠성과 셀 수 없는 별들을 거느리고 내 정수리 위에서 싸늘히 내려 보고 있던 은화 한 닢.

사방은 온통 하얀 눈으로 쌓여 있고, 첩첩이 누운 봉우리들만 뿌옇게 빛나는 삼경三更의 지리산 달밤. 문득 자신을 돌아보았다. 해발 1,650m 이 산중에 나는 무엇을 하러 왔을까. 무슨 인연으로 이 시간, 이 자리에 서 있을까. 골 깊고 산 높은 장터목산장에서의 하룻밤. 볼이 찢어질 듯 차가운 이 밤에 잠 못 들어 서성거리고 있는 내 실체는 무엇일까. 별과 달을 한참 우러러도 아무런 답을 얻지 못했다. 살을 에는 추위도 잊고 허공만 뚫어지게 쳐다본 기억이 또렷하다.

달빛이 강해진다. 때마침 못 안의 군자정君子亭 조명등이 눈을 비빈다. 거울 같은 물에 뜬 달, 유럽의 어느 고성보다 아름답게 물 위에 비친 정자 실루엣. 실물보다 더 또렷하게 대칭을 이루어 수면에 누워있는 아름드리 느티나무 한 그루. 곡차에 흠뻑 취하지 않더라도 나도 이태백처럼 물에 풍덩 뛰어들어 달을 따고 싶은 충동에 빠진다. 느긋이 바라볼수록 달과 물과 내가 하나가 되는 듯하다.

달빛이 나와 친구의 온몸을 뚫고 지나간다. 천천히 못 주위를 걸으니 두 개의 달이 따라오며 길을 안내한다. 세상은 흐뭇한 빛에 취해 고요의 섬이다. 새로 단장한 수십 개의 뿌연 가로등이 못을 호위하고 있다. 적막한 산책로엔 소금 먹은 달빛이 앞장선다. 갑자기 오른쪽 물에 잠긴 달 옆에서 와글와글거리는 소리가 들린다. 개구리들이다. '아니, 이놈들이…….' 벌써 봄이 왔다고 노래하는가? 아직 경칩驚蟄도 지나지 않았는데. 발소리를 죽이고 둑에 서서 한참 귀를 기울인다. 반갑고 기특하다.

둑 옆의 묵은 복숭아밭을 지나니 벗은 나무 그림자가 영화 속의 한 장면이다. 달빛에 젖은 나무 겨드랑이마다 불그스름하게 달아오른다. 그도 이런 달빛을 받고 새봄의 생명을 틔우는 것이리라. 반짝이는 곳엔 꽃불이 일렁인다. 축축 늘어진 가지엔 머지않아 산골 소녀의 해맑은 얼굴 닮은 복숭아가 주렁주렁 달린 달밤의 정경도 그려진다. 이글거리며 뜨는 동해의 일출도 찬란하지만, 텅 빈 겨울 과수원을 은은히 비추는 만월의 사랑스러움은 다른 무엇으로 표현할 언어가 있을까.

달이 하늘 중앙으로 천천히 헤엄친다. 창밖 매화나무 가지 끝에 걸린 둥근 달을 보면서 꽃향기에 취해 서성거렸을 옛 선인이 생각난다. 경포대에 뜬 다섯 개의 달을 노래한 어느 시인도 떠오른다. 하지만 알 수 없는 내 마음은 텅 비어 채워지지를 않는다. 갑자기 유년 시절 달집태우기 추억이 떠오른다. 풍물을 앞세워 동구 밖 높이 만든 달집에 불을 붙일 때면, 친구들과 신천에서 깡통에 불붙은 나무를 넣고 빙빙 돌리던 기억이 꿈결 같다. 그 시절 그 동무들은 지금 어디서 무엇을 하고 있는지 저 달은 알고 있을까?

따라오는 달을 머리에 이고 십여 분을 더 달려 옛 읍성에 닿았다. 시골 밤의 거리는 흰 설탕을 뿌린 듯 허옇고 적막하다. 오래된 성터에 올랐다. 달맞이하기는 멋진 곳이다. 성곽 아래 작은 연못에도 달이 휘영청 밝다. 눈앞에 펼쳐진 들길을 달빛이 걸어간다. 달빛에 취한 두 사람의 마음도 천천히 들판을 가로지른다. 중천으로 달음질하는 달이 처음보다 훨씬 커진 것 같다. 달 속으로 내가 빠져 들어간다. 안견의 '몽유도원도' 속의 복숭아 꽃 아래를 걷는 착각이 든다. 그날도 오늘같이 환한 달밤이었으리라. 안평대군과 박팽년, 성삼문, 신숙주 등 학자들이 무엇을 토론하는지 크게 서로 웃으며 고개를 주억거리는 모습이 나타났다가 사라진다. 가만히 서서 달을 우러르며 심호흡을 한다. 무념무상無念無想의 세계이다.

건너편 길에서 다정하게 두 사람이 걸어온다. 밤 산책 나온 부부일까? 그들도 달에 취해 나왔을까. 아름답다. 노랗게 물든 들풀만이 계절을 노래하고, 막 길어온 샘물에 세수한 듯 환한 달빛만 어깨 위에 반짝인다. 그립고 사랑스러운 동화의 나라에 들어온 듯하다. 세상이 아득해진다. 별들도 함께 내려앉는다.

눈을 감고 합장하며 소원을 빈다. 남은 내 삶이 저 달처럼 둥글고 밝게 이어졌으면……. 어릴 적 할머니의 손을 잡고 언덕에 올라 달맞이한 꿈을 꾼다. 알 수 없는 무엇이 가슴속에서 뜨겁게 소용돌이친다. 싸늘한 겨울바람이 뺨을 스칠 때 하늘이 천천히 기울어지는 것 같다.

눈꽃 산행
- 장터목 대피소

부슬부슬 눈발이 뿌리는 창밖으로 그림책 같은 풍경이 펼쳐진다. 스르르 눈을 감아본다. 막 시내를 벗어난 차는 아직도 거북이걸음이다. 백 년 만의 적설이란다. 좀처럼 많이 내리지 않던 대구에도 눈 폭탄을 맞은 모양이다. 매스컴에서 떠들썩하던 동해안 폭설이 여기까지 출장이라도 왔는가? 고속도로에 접어드니 시야가 밝아진다.

'어리석은 사람이 머물면 지혜로운 사람으로 달라진다.'는 지리산智異山. 나도 지혜로워질 수 있을까? 막연한 기대로 마음이 설렌다. 열흘 전부터 계획한 지리산 천왕봉 산행 날 아침. 부푼 마음에 눈을 뜨고 창을 여니, 이런! 아파트 주차장이 하얗게 변해있다. 어제 밤늦게 배낭 정리를 할 때까지도 말짱

한 날씨였는데. '갈 수 있을까? 하필 오늘 이렇게 많은 눈이 오다니. 약속시각까지 출발장소에 도착할 수 있을까?' 시작부터 머리가 혼란하다. 약간의 웃음거리가 있었지만, 예정보다 한 시간 늦게 출발을 하였다.

지리산 입구 인월을 지난 차는 산행 기점인 함양 백무동에 천천히 들어섰다. 여기서 장터목 대피소까지는 십오 리가 넘는 오르막길이다. 눈발이 조금씩 뿌리기 시작했으나 칼바람은 없어서 볼은 그다지 따갑지 않았다. 이 겨울에 큰 행운이라도 잡은 것 같다. 초입부터 돌길은 눈에 묻혀 하얗게 반짝인다. 길옆을 지키는 산죽山竹은 소복이 눈을 뒤집어쓰고도 꼿꼿한 자태를 뽐내고 있다. 네시간 정도 거리이나 겨울의 눈길 산행이라 조금 더 걸릴지도 모르겠다. 흩뿌리는 눈이 입김과 만나 안경이 자꾸 흐려진다. 얼어붙은 계곡은 아무런 말이 없다. 정적 속에 무엇인가 들리는 듯하다. 펄펄 날리며 온몸에 감겨드는 흰 솜사탕의 춤사위. 눈 내리는 소리일까? 댓잎끼리 부딪치는 것 같기도 하고, 먼 골짜기에서 바람 앞세우고 달려와 솔가지 흔드는 몸짓인 듯도 하다. 눈 밟는 소리가 유난히 뽀드득거릴 뿐 가쁘게 내쉬는 숨의 열기로 부옇기만 하다. 온통 눈으로 덮인 돌길은 한 걸음 한 걸음을 조심스럽게 한다.

비스듬하게 누운 바위 옆을 돌아가니, 훤칠한 고목 옆에서 머리엔 흰 가루를 덮어쓰고 검은 몸통으로 우뚝 선 바위가 앞을 막는다. 언제부터 그는 이 자리에서 세상을 굽어보고 있었을까. 무슨 인연으로 지금 내가 이 길을 걷게 되었을까. 알 수 없는 오묘한 신의 섭리일까. 집채만 한 바위 허리가 주름 잡힌 살처럼 우둘투둘하다. 세월의 흐름을 말해주듯 비바람에 시달린 흔적일지도 모른다. 다정한 연인인 양 그 틈에 뿌리내린 소나무 한 그루가 나그네를 맞으며 서 있다. 잠시 숨을 고르며 소나무에 손을 얹는다. 펼친 가지 위에 흑백 대비가 산뜻하다. 툭툭 갈라진 피부가 흰 눈 속에 따뜻하다. 반갑다고 인사를 하는 것 같다. 만남은 순간의 인연이지만 자연에 묻힌 기분이 묘하다. 내 언제 다시 이곳에 와서 그를 만나고 상념에 젖어 볼 것인가.

오를수록 발이 푹푹 빠진다. 먼저 간 사람들이 많이 밟아 다져놓은 상태이지만 계속 내리는 눈으로 금세 길이 엷어진다. 잿빛 허공을 향해 흰 눈을 덮어쓴 나목들도 겨울잠을 자는 듯하다. 말없이 내려다보기만 할 뿐 고요하다. 내 키를 훌쩍 넘는 대나무 숲길로 들어섰다. 청청한 댓잎들도 눈을 덮어쓴 채 무게를 이기지 못해 이따금 몸을 흔든다. 크게 가파른 길이 아니기에 쉬엄쉬엄 오른다. 그 옛날 선인들도 이 길을 통해 산을 올랐으리라. 그들은 무슨 생각을 하며 올라갔을까. 살아가기 위해, 몸과 마음을 수양하기 위해, 아니면 나처럼 그저 산이 좋아서였을까.

장터목 대피소 1.5km, 모자를 쓴 곰 모양을 한 이정표 팻말이 귀엽다. 얼마 남지 않았다고 격려의 인사라도 하는 듯하다. 산길을 조금만 벗어나면 위험한 비탈이다. 굵은 줄로 출입을 막아놓았다. 고고하게 솟은 아름드리 소나무들이 한 줄로 나그네들을 반긴다. 가파른 길이지만 산행하는 재미는 쏠쏠하다. 치고 오르는 길만 있는 게 아니라 완만하게 가다가 다시 비탈이 있고, 어렵게 올라서면 다시 쉬운 길이 맞이하는……. 우리의 삶도 이렇지 않을까. 인생의 길은 오르막이 있으면 어김없이 내리막이 기다린다는 평범한 진리처럼. 누구든지 힘든 고비를 넘기면 밝은 내일은 꼭 찾아올 것이리라.

저 멀리 어렴풋이 산장이 하나 보인다. 거리상으로 보아하니 저곳은 세석산장이리라. 장터목은 이제 다 온 것 같다. 녹차 한 잔 식을 시간 동안 걸어가니 아담한 현대식 건물이 모습을 드러낸다. 장터목 대피소다. 반갑다. 해발 1650m인 장터목. 이곳에 장이 섰다고 그 이름이 붙었단다. 이 높고 험한

제
1
부

그
러
려
니

63

곳에 장이라니 불가사의한 일이다. 멀리 반야봉 가는 길만 뿌옇게 능선 따라 이어진다. 십여 년 전 칼바람 속에 여기를 밟던 기억이 새록새록 되살아난다. 꽁꽁 언 김밥을 라면에 말아 허겁지겁 먹었던 추억이 아스라하다.

사방을 둘러보니 첩첩이 산이다. 아득히 펼쳐진 골짜기마다 운무가 자욱하다. 시선이 끝나는 곳에는 은은한 연보랏빛 구름이 일자로 누워있다. 그 위로는 옅은 코발트 빛 하늘이 바닷물을 끌어들인 듯 아스라이 손에 잡힐 듯하다. 바람 한 줄기 지나가니 가슴속이 서늘하다. 사랑도 미움도 저 운무 속의 한 점 같다.

대피소 안은 각지에서 몰려든 등산객들로 왁자지껄하다. 저녁 8시가 소등시간이다. 오늘 밤도 잠들기는 어렵겠다. 민감한 성격에다 칼잠으로 세워야 하니. 옆자리에서 서울말씨도 들리고 1층에서 얘기하는 충청도 사투리도 구수하다. 모포 두 장으로 세석봉실 2층 45호 자리에 몸을 눕히니 눈은 감아도 정신만 초롱같이 불을 켠다.

제 2 부
각본 밖의 하루

삶에서 정답이 없는 문제라는 것은 정확한 답이 없는 것이 아니라
정해진 답이 없는 것이 아닐까? 똑바로 보지 말고
15도만 살짝 비틀어서 생각해보면
정해진 답이 없다는 것은 모든 답이 정답이 될 수도 있다는 이야기다.

풍경

　지금도 가슴이 찡해온다.

　신천 둔치 한쪽에 한 농부가 농산물 좌판을 벌여 놓았다. 어제까지 그 자리엔 피라미 낚시꾼이 머물던 곳이다. 푸른색 모자를 깊숙이 눌러쓰고 있어 나이는 정확히 가늠하기 어려웠다. 허연 뒷머리와 고랑이 파진 양 볼을 보니 칠순 가까이 되지 않았을까 생각했다.

　좌판 위에는 매끈한 가지, 등 굽은 퍼런 고추, 여름 내내 햇살과 씨름하며 익은 빨간 홍시가 대여섯 모둠으로 놓여있다. 조금 떨어진 벤치에 앉은 나는 자연스레 그 농부에게 관심을 두게 되었다. 어린아이 팔뚝만 한 자줏빛 가지와 농약을 치지 않고 키운 듯한 고추에서 향긋한 흙냄새가 풍겨온다. 너덜너덜한 작업복 바지와 검정 장화에도 진흙이 말라붙어 시골냄새가 진하다.

반 시간이 훌쩍 지났다. 사려는 사람이 아무도 없다. 휴일 오전이라 산책을 하는 사람이 평일보다 많지만, 슬쩍 눈길만 줄 뿐 모두 그냥 지나친다. 한참이나 지켜본 내가 답답한데 그는 돌부처처럼 꿈쩍도 않는다. 그때였다. 백발이 흩날리는 한 할머니가 지팡이를 짚고 천천히 좌판 앞에 다가간다. 손에는 검정 비닐봉지를 하나 들고 있다. 드디어 첫 손님이 왔구나. 잔뜩 긴장한 나의 기대는 이내 빗나가고 만다. 농산물에는 관심이 없는 듯 좌판 옆에 놓인 플라스틱 의자를 당겨 앉은 할머니가 소주 한 병을 비닐봉지에서 꺼낸다.

"멀리서 보니 너무 딱해서 집에 있던 소주를 가져왔네. 한 잔하시게."

말문을 연 할머니의 마음이 따뜻하다. 그녀도 둑 위에서 나처럼 한참 지켜본 모양이다.

"고맙심더. 형편이 좋지 않아 농사 조금 지은 것을 팔려고 여기에 판을 벌였는데 영 신통하지가 않네예."

"그래. 안사람은 뭐하고 남자가 이렇게 장사를 하는고?"

"할매예. 지 집사람은 이래 농사짓고 하는 것을 아주 싫어합니다. 그래 오래 다투다가 혼자 가창 쪽에 남의 농사 조금 짓고 살아갑니더. 집사람은 지금 딴 곳에 살지예."

몇 잔을 주고받는 사이 술이 이내 바닥난 것 같다. 멀리서 보니 다정한 어머니와 아들처럼 보인다.

"자식은 몇이나 두었는고?"

"아이고, 할매예, 딸만 셋입니더. 우리 집은 대가 끊겼심더. 막내는 아직 시집도 가지 않았심더. 그런데 할매는 자제분이 몇입니까?"

귀가 약간 먹었는지 잘 안 들리는 듯한 할머니에게 거듭 큰소리로 말한다.

"아들만 셋이지. 근데 다 멀리 살아서 잘 오지를 않아……."

잠시 말을 중단한 할머니가 건너편 산 능선의 흰 구름만 쳐다본다. 말로는 할 수 없는 무슨 사연이 있는듯 하지만 불어오는 바람에 허연 머리카락만 개망초처럼 하늘거린다.

술잔을 잡은 그의 그을린 손에 힘줄이 불끈 솟아 햇살에 꿈틀거린다. 마침 흰 나비 한 마리가 두 사람의 머리 위를 돌다가 날아간다.

"할매예. 올해 연세가 몇입니까? 지는 예순 일곱입니더."

"응, 나이? 팔십 다섯이야. 너무 늙어서 이제 가는 귀도 먹고 다리도 말을 잘 안 들어."

"그럼, 돌아가신 지 어무이하고 비슷한 또래이네예. 그래도 정정하십니더."

"아이고, 그런 말 말게. 이제 갈 날만 기다리고 있어. 마음대로 할 수 없는 것이 명이니까 나도 알 수가 없어."

"지가 아는 할배는 아흔이 넘어도 산책도 잘하고 아직 정정하다 아입니까. 할매도 오래 사셔야지예." 불콰해진 그의 얼굴에 어머니에 대한 그리움이 스쳐간다.

그때였다. 사라졌던 나비 한 마리가 내게로 날아온다. 갑자기 내 어머니의 얼굴이 나비와 겹쳐진다. 듬성듬성 검버섯이 국화처럼 피고 한평생 고생만 하신 어머니. 지팡이 없이는 움직일 수 없는 당신의 모습이 눈앞에 떠올라 시야가 흐려진다. 지금 나는 저 농부 마음의 절반이라도 가지고 있을까? 몇 해 지나면 저 할머니의 나이가 될 어머니께 난 무엇이란 말인가?

그만 일어서려는 할머니의 손을 그가 꼭 잡는다. 좌판에 놓인 가지 몇 개를 주려고 하나 할머니는 거절한다. 다시 고추라도 조금 가져가라고 하나, 손사래를 친다. 계속 농산물 몇 가지를 챙겨주려는 그와 연신 필요 없다고 손을 내 젓는 할머니의 밀고 당김이 계속된다. 내 눈 주위가 촉촉해진다.

천천히 일어서서 좌판에 놓인 홍시 한 모둠과 가지 한 무더기를 샀다. 비닐봉지를 받아드는데 속에서 뭉클 뜨거운 기운이 밀려온다. 오늘 저녁에는 어머니가 좋아하시는 과일이라도 사 가지고 찾아보아야겠다. 귀가하는 내내 그 할머니와 농부의 따뜻한 마음이 전해오고 하늘은 높아만 간다.

정답이 없는 인생

'띵.' 다들 서둘러 퇴근 준비를 하느라 어수선해질 무렵 짧은 휴대전화 문자음이 울린다. 둘째 아들이다. '죄송합니다. 떨어졌어요.' 꼭 가고 싶어 하던 기업의 최종 면접을 마치고 발표를 기다리던 중이었다. 벌써 몇 번째인가. 잠시 눈을 감고 있으니 내 눈가가 촉촉해진다. 이번에는 꼭 될 줄 알았는데…….

요즘 들어 몸도 예전 같지 않고 학생들을 가르치는 것도 버거워졌다. 세월의 힘이 너무 강하다. 불현듯 지난여름 절친한 동료가 명예퇴직하면서 살짝 던진 말이 머릿속을 맴돈다. "사는 것에는 정답이 없는데 이렇게 퇴직하는 것이 내게는 정답인 것 같아. 너도 너무 무리하거나 주변 눈치 보지 말고 적절한 시기에 결단을 내리는 것도 괜찮을 거야."

사실 지난해부터 조금씩 나빠진 건강이 염려되지만 그래도 아직은 자신이 있다. 생각지도 않은 노안老眼이 왔기에 글을 가르치는 처지에서 좀 불편하지만 노련한 경력으로 헤쳐나간다. 이따금 지금 자리를 박차고 나오고 싶은 마음도 들지만, 아직 제자리를 잡지 못한 자식들이 눈에 밟힌다. 찬찬히 생각해보면 금전상으로는 지금 나가나 안 나가나 크게 차이는 없을 것 같다. 하지만 말로 표현하기 어려운 그 무엇이 가로막아 계속 미룰 수밖에 없는 문제다. 조금씩 허물어지는 정신과 무거운 몸에 활력을 찾고자 저녁 시간은 운동과 취미생활에 전념했다. 그 열정이 지나쳐 보였을까? 걱정하는 가족이 만류도 했지만, 그때마다 이렇게 말하며 운동에 더 박차를 가했다. "나는 쓰러지더라도 운동하다가 쓰러지겠다."

가을이 절정으로 치달아 숲은 물감을 엎어 놓은 듯 곱고 화려하다. 바람과 낙엽이 어수선하게 춤을 추는 휴일 오후였다. 오전 내내 TV로 소일하던 둘째 아들과 함께 운동을 나갔다.

"아버지, 이제 뭘 하면 좋을까요? 취업에는 정답이 없는 것 같아요. 면접에서 계속 떨어지니 무엇을 어떻게 해야 할지 모르겠어요."

곰곰 생각해 보았다. 내가 지금까지 정답을 가지고 살아온 적이 있었는지? 젊은 시절 내가 교단에 설 때 다른 친구들은 돈이 되는 직장을 찾아 떠났다. 사범대학을 나온 나는 아이들을 가르치며 보람을 느끼며 살아왔고, 친구들은 힘든 일이지만 노력한 성과만큼의 보상을 받는 곳에서 자기 삶을 이끌어 갔다. 그들이 나보다 몇 배나 많은 소득으로 여유 있게 생활할 때도 나는 그 친구들의 길이 정답이란 생각은 들지 않았다. 물론 내가 가는 교직 또한 모든 이에게 맞는 답이라고 생각한 적은 없었다. 세월이 흘러 지금은 그들이 부러워하는 직업이 되었지만…….

옆에서 성큼성큼 걸어가는 아들의 모습이 믿음직스럽기도 하고 한편으로 짠한 생각이 든다.

"그래, 지금은 아무것도 생각나지 않으면 잠깐 쉬는 것도 좋지. 인생은 긴 마라톤이야. 조급하게 굴지 말고 천천히 생각해도 괜찮아." 한참 걸으면서 내가 해줄 수 있는 말은 이것뿐이었다.

일주일 전이었다. 늦은 저녁 연속극에 빠진 아내에게 한참 눈치를 보다가 "명예퇴직을 하는 것은 어떻겠냐?"라고 넌지

시 운을 떼 보았다. 아내는 대수롭지 않은 듯 "뭐, 당신 하고 싶은 대로 해요"라고 말하고 상대도 하지 않는다. 불을 끄고 잠을 청해도 정신은 더욱 또렷하다. 옆자리의 아내도 이리저리 뒤척이며 잠을 자지 못한다. "…… 당신 정말 그렇게 견디기 어려우면 그만두세요. 아이들 취업이나 결혼 문제 등 하나도 해결되지 않았지만 어쩔 수 없지 않아요. 다 운명대로 살아야지요." 쉽게 말하는 듯하지만, 무척 고심한 뒤일 것이다. 대신 운동할 때 너무 무리하지 말고 자기가 짜 주는 대로 하란다. 가만히 아내의 손을 잡았다. 꺼칠꺼칠한 손끝으로 함께 절약하고 고생한 고마운 마음이 전해왔다.

며칠이 지났다. 거실 소파에서 같이 TV를 보던 아들이 불쑥 이렇게 말했다. "아버지 말씀대로 물이 흘러가는 대로 살겠습니다. 지금은 잠시 쉬더라도 다시 마음잡고 꾸준히 하면 뭐든 되지 않겠어요? 너무 걱정하지 마시고 추운데 건강 챙기세요." 문제에 대한 답을 아들은 스스로 터득한 모양이다. 며칠 동안 잠을 설치던 아이였다. 그날 밤 산책하면서 많은 생각을 했다. 그래, 아들이 아직 정확한 답을 찾은 것은 아니지만 이런 가족과 함께라면 순리대로 잘 흘러가리라는 확신이 생겼다. 그것이 내가 찾은 나만의 정답이었다. 비로소 마음이 편해졌다.

요즘은 전과 달리 잠을 푹 잔다. 삶에서 정답이 없는 문제라는 것은 정확한 답이 없는 것이 아니라 정해진 답이 없는 것이 아닐까? 똑바로 보지 말고 15도만 살짝 비틀어서 생각해보면 정해진 답이 없다는 것은 모든 답이 정답이 될 수도 있다는 이야기다. 세상의 흐름이 너무 빠르다. 그럴수록 아날로그 시대의 느긋함과 따뜻한 정情이 그립다. 우리는 복잡하게 생각하다 단순한 부분을 놓치고 지나가는 경우가 많다. 지나치게 고민하고 고뇌에 빠지기보다 내가 선택한 답을 정답이라 믿고 사는 게 중요한 것은 아닐까?

등기 한 통

'지급명령'

불볕더위로 답답함을 이기지 못하고 있는 오전에 난데없이 아내에게 날아온 등기 한 통이다. '아닌 밤중에 홍두깨'라더니 이게 무슨 일인가? 찬찬히 편지를 읽어보던 아내와 난 다시 한 번 머리가 혼란해졌다. 수원지방법원 성남지원에서 보낸 것인데 아내 명의로 작년 연말부터 이백만 원 이상의 휴대폰 요금이 미납되어 있다. 만일 2주 내로 이의신청하지 않으면 확정판결과 같은 효력을 가지고 강제압류에 들어간다는 내용이었다.

도대체 무슨 말인가? 같이 읽고 있던 아내의 얼굴이 백지장 같다. 곁에 있던 내 가슴도 쿵쾅거리며 요동을 친다. 아내는 본인 이름으로는 휴대전화를 개설한 일은 한 번도 없다. 지금 쓰고 있는 휴대전화는 장남의 명의로 개설해서 십여 년 전부터 사용하고 있다. 서류를 잡은 손이 부들부들 떨린다. 매스컴에서 이따금 오르내리는 사기 사건에 아내가 연루되었다는 것일까? 온갖 상상으로 마음을 진정할 수가 없다. 꿈은 아니다. 무엇인가 잘못되었다. 일이십만 원도 아니고 이백만 원 이상을 내라고 하니 어떻게 이 일을 처리할까 하는 마음에 가슴이 답답해 온다.

일단 서류에 적혀있는 모 이동 통신사 채권 추심 팀에 전화했다. 전후 사정을 이야기하고 아내 이름으로 된 휴대폰은 절대로 없다고 항의를 했다. 그들은 혹시 일이십만 원에 아내가 신분증을 빌려주었거나, 분실한 게 아니냐고 유도 질문을 했다. 물론 절대로 그런 일은 없었기에 개설할 당시 어떻게 본인 인증을 받았는지 따져 물었다. 인증을 받으려면 공인인증서나 신분증 사본이 있어야 하기에 다시 확인해 달라고 요청을 했다. 한참 뒤에 아내와 이름만 같고 생년월일 주소가 다른 신분증으로 개설한 것임이 밝혀졌다.

명백하게 명의도용으로 개설한 것이 드러났지만, 채권 추심 팀에서는 법적으로 하지 않으면 어쩔 수 없다는 이야기에 정말 화가 났다. 아니 이렇게 거짓으로 대리점에서 잘못한 것이 드러났는데도 바로 처리를 못 하다니 당신들은 뭐하는 사람들인가 다그쳤다. 돌아오는 대답은 통신사 플라자에 가서 명의도용 신고를 하고, 법원에 가서 이의 신청하지 않으면 돈을 물어내야 한다는 말뿐이다. 법에는 약한 것이 서민이 아닌가. 어쩔 수 없이 아내와 둘째 아이가 대구지방법원에 가서 어렵게 신청서를 작성해 성남지원으로 부쳤다.

저녁을 먹고 거실에 앉아 곰곰 생각해봤다. 내 인생에서 '지급명령'이란 말이 무슨 말인가. 나는 차라리 내가 굶고 참고 지낼지언정 다른 사람에게 아쉬운 소리 해 본 적이 없다. 아내 일이 곧 내일이기에 종일 마음이 편치 않다. 불현듯 예고 없이 날아온 등기 한 통. 아내와 난 이제까지 남에게 잘못을 하는 일이나 법을 어기는 일은 생각도 하지 않고 살아왔다. 나도 모르는 새 어떤 잘못이 있었는가도 되짚어봤다. 매스컴에서 이따금 오르내리던 사기사건이 내 가족에게 일어나다니. 한 치 앞을 모르는 것이 우리의 삶이라지만 이런 황당한 일에 씁쓸하다.

'지급명령'이란 단어를 곱씹어 보았다. 법률 용어로 '금전 기타의 대체물 또는 유가 증권 등의 일정한 수량의 지급을 목적으로 하는 청구에 관하여, 채권자의 일방적 신청이 있을 때 채무자를 심문하지 않고 채무자에게 그 지급을 명령하는 재판.'이란 사전적 설명이다. 부드러운 느낌이 아니라 칼을 들고 협박을 당하는 기분이다. 앞으로 내 삶에 '지급명령'이 내리지 않는다고 누가 장담할 수 있을까. 명백한 내 잘못으로 이런 일을 당해도 답답할 텐데 얼토당토않게 사기로 겪을 때에는 피가 마르지 않겠는가.

　다음 날 아침이었다. 아들이 억울함을 인터넷 게시판에 올렸다. 삽시간에 불씨에 기름을 부은 듯 뜨겁게 달아올랐다. 격려하는 댓글과 추천하는 이가 줄을 이었다. 저녁 무렵에는 조회 수가 일만 회를 넘었다. 그때였다. 채권 추심 팀에서 전화가 왔다. 게시물을 이동 통신사의 홈페이지에 누가 복사해 넣어서 간부들이 읽은 듯했다. 통신사 이미지 추락을 걱정했는지 누리꾼들의 항의 글에 굴복했는지는 알 수 없지만, 백기를 들고 나왔다. 명백한 자기들의 잘못이니 없던 일로 조용히 처리하겠다는 것이다. 다행이었다. 가슴을 쓸어내렸다. 괘씸한 생각에 내친김에 짧은 시간이지만 정신적으로 본 피해는 어찌할 거냐고 따지고 싶었지만 좋게 해결되었으니 그냥 넘어가기로 했다.

늦은 밤 베란다 창가로 나갔다. 불볕더위에 익은 달이 한밤에도 열기로 환하다. 달을 보고 상념에 잠긴다. 삼라만상 자연의 법칙은 한 치의 오차도 없이 자연스럽다. 인간은 왜 순리대로 살지 못하고 진흙탕 속에서 이익만 얻으려고 할까. 거대집단 갑의 횡포에 개미 같은 대부분 을은 억울하게 피해만 보는 현실이 답답했다. 이틀 동안이었지만 '지급명령'이란 단어가 머리에 또렷하다. 행운과 불행은 생각지도 않게 왔다가 마음먹기에 따라 사라진다고 하지 않았던가. 천천히 등기 편지를 다시 한 번 읽어보았다. 적절한 대처로 원만히 해결되었기에 쓴웃음만 나온다. 이 사건이 내가 살아온 날을 돌아보게 한다. 백 세 시대라지만 내일은 아무도 모른다. 앞날이 저 달처럼 원만하고 둥글기만 바랄 뿐이다.

맏이

"증여세는 얼마나 나올까?"

뜬금없이 친구가 아버지의 집을 증여받으면 어떻게 될까 하며 물어왔다. 세법에 큰 지식이 없는 나는 쉽게 대답을 해주지 못했다. 모처럼 절친한 친구와 가까운 산에 오르는 중이다. 몇 번이나 모임 날을 잡았다가 여건이 맞지 않아 미루었다가 주말 오후에 만난 것이다.

세금을 묻던 친구는 연로한 아버지를 모시고 있다. 그의 부친은 큰 병은 없지만, 병원출입이 잦으시다. 누나와 여동생들도 자주 문안을 온다. 자식 된 도리로 마땅히 잘 모시지만, 재산 문제도 간과할 수는 없다. 그는 수십 년 아내와 함께 아버지를 모셔왔다. 작은 집 한 채의 유산을 가지고 있지만, 어느 날 아버지가 돌아가시고 육 남매에게 법정 상속이 되면 상황은 달라진다. 그렇다고 "지금 증여를 해 주세요."라고 부탁할 수도 없는 일이다. 당신이 살아계실 때 어떻게 하겠다는 말이 없기에 더욱 답답하다. 차라리 "마음을 비우고 살아가면 좋겠지만 그게 얼마나 어려운 일이냐?"라고 속마음을 터놓는다.

공교롭게도 만난 네 명이 모두 장남이다. 양친이 모두 돌아가신 친구도 있고 한쪽만 살아계신 벗도 있다. 그 친구의 아버지는 아흔을 바라보는 모두가 부러워하는 분이다. 하지만 사람의 앞날은 알 수가 없지 않은가. 평생 모시고 살았기에 사는 집을 맏이인 그가 상속받길 원한 것이다. 극진하게 모신 친구의 아내 마음도 포함되었으리라. 민법상으로는 돌아가시면 자식 모두에게 골고루 상속되기에 살아계실 때 증여받기를 원한다. 모든 집안일은 장남에게 책임지게 하면서 유산에 대해서는 어떻게 하겠다는 말이 없어 서운한 표정이다.

또 다른 친구가 말을 이어간다. "나는 상속이라는 말만 들어도 머리가 아파." 혼자 떨어져 있는 아버지의 경제관념이 어떤지 짐작할 수가 없다는 것이다. 그는 누구보다 효심이 깊은 친구다. 다달이 적지 않은 용돈을 아버지에게 드리지만 늘

불평을 듣는단다. 자식으로서 부모를 모시고 받드는 것이 당연한 일이지만 언제나 큰소리만 앞세우고 계획 없이 살아가는 당신이 곱지만은 않다고 한다. 담담하게 말을 하지만 나지막한 목소리엔 안타까움이 배여난다. 팔순이 넘었지만 건강하고 즐겁게 생활을 하신다니 일찍 아버지를 여읜 나로서는 그래도 부러운 일이었다.

재물에 마음이 없는 사람이 있겠는가? 대부분 가정에서는 부모가 살아계실 때는 그를 구심점으로 유지해 나간다. 형제들도 자랄 때 가깝게 지내고 나이가 들면 제 자식 키우고 살아가느라 남 아닌 남이 되는 집이 많다. 명절 때나 길흉사 때 겨우 얼굴을 보고 다시 자신의 생활 전선에서 살아가느라 정신이 없다. 모두 돈이라는 존재를 찾아 헤매기 때문이다. 이럴 때 부모님의 재산 상속은 많은 의미가 있다.

문득 나를 돌아보았다. 오래전에 돌아가신 아버지가 남긴 땅이 있었다. 편의상 처음에는 오 남매의 장남인 내 명의로 등기했다. 맏이라 제사도 모시고 집안일을 맡아 할 일이 많기에 그렇게 한다고 어머니도 동의하셨다. 하지만 내 마음속은 무엇인가 맑지 않았다. 금전에 욕심이 없는 사람이 있겠느냐마는 언젠가는 공평하게 해야지 라는 마음은 갖고 있었다. 그 당시는 그냥 지나갔지만, 세월이 흘러 동생들이 가정을 이루고 나이를 먹으니 반응도 달라졌다. 각자의 지분을 요구한 것이다. 한편으론 욕심이 있었지만 내 욕심만 채울 수는 없었다. 그들의 요구가 당연하다고 여겨 부동산 전문가와 감정 상담을 해서 홀가분하게 처분을 하였다. 늘 마음속에 찜찜하게 여기던 일을 명쾌하게 해결하니 동생들과의 관계도 더욱 돈독해졌다.

맏이란 어떤 존재일까? 앞으로는 맏이란 말이 어쩌면 사라질 수도 있는 세상이다. 교육비가 워낙 많이 들기에 아들이나 딸이나 한 명만 낳고 살아가는 가정이 많다. 그러나 한국전쟁 이후 출생한 세대는 대부분이 형제자매가 많다. 자조적인 말로 부모에게 효도하는 마지막 세대이자 부모의 대접을 받지 못하는 첫 세대라는 말을 많이 듣는다. 그중에서 맏이의 책임과 역할도 무시할 수 없다. 물론 각 가정 개인 문제이지만 사회 변화가 그렇게 흘러가는 것을 전혀 부인하지는 못할 일이다. 그러기에 재산문제는 더 민감하게 작용하는 모양이다.

몇 년 전 매스컴을 떠들썩하게 한 일이다. 설날 아침 차례를 지낸 집에서 형제간의 다툼으로 일어난 비극적인 사건이 생각난다. 소유하고 있던 토지가 개발되는 바람에 하루아침에 돈벼락을 맞았다. 분배과정에서 불만을 한 맏이가 사냥총으로 사고를 낸 것이다. 세상에 저런 일이 일어나다니 하고 모두 혀를 찼지만, 현실은 이상과 도덕으로 해결되지는 않은 모양이다. 만약 개발되지 않았다면 많은 재산이 생기지도 않았을 터이고 형제간의 불행도 일어나지 않았을 것을. 재산문제에서 맏이의 책임감과 도리가 떠오르게 한 사건이 아닌가.

욕심을 버리고 살면 좋겠지만, 그것만큼 어려운 일이 있겠는가? 교과서에는 그저 비우고 천천히 살라고 가르치지만, 재산 때문에 연일 보도되는 뉴스는 맑지만은 않다. 최소한의 내 것만 지키고 살아가는 여유가 있으면 얼마나 좋을까?

골목

　골목은 내 유년의 고향이요 보금자리이다. 끝없는 그리움의 샘이다. 학교 가는 길은 모퉁이에서 거리로 연결된 통로를 탐색하는 놀이터였다. 뽀얀 백목련이 속살 수줍어하는 봄날, 갓 부화한 병아리같이 재잘대며 걸어간 기억이 아스라하다.

　내가 살던 곳은 한국전쟁 직후에 조성된 동네였다. 신작로에서 멀리 떨어지지 않은 길가 집인데, 담을 끼고 좁은 길이 뻗어 있었다. 해맑은 동심의 눈에는 무척 넓어 보였다. 오전 반 수업을 마치고 돌아온 아이들은 하나둘씩 놀이터로 쏟아져 나왔다. 물고기처럼 들어와 또 다른 입구로 헤엄치듯 쏘다녔다. 과외도 학원도 흔하지 않던 시절이라 그곳에서 노는 것이 일과였다. 낮에는 딱지치기나 구슬치기를 하고, 밤에는 병

정놀이로 헤집고 다니다 별을 이고 집으로 돌아갔다. 우리 동네는 감나무 있는 집이 많아서, 눈부신 신록이면 담 밖 골목에 떨어진 감꽃을 주워 목걸이 만들던 추억도 또렷하다. 좁은 통로는 삶의 그루터기이자 만남의 광장이었으리라.

중학교 1학년 때였다. 놀기에 지친 아이들은 여왕개미 굴처럼 막다른 골목 끝에 사는 진봉이의 집 골방에 모였다. 전방부대의 장교인 그의 아버지가 집을 자주 비웠기에 우리는 숙제를 한다는 핑계를 댔다. 동네에서 우등생으로 알려진 철호 덕분에 진봉이의 어머니는 자기 집에 모여서 공부하는 것을 좋아했다. 하지만 우리는 다른 공부에 조금씩 빠져들었다. 숨어서 화투 치는 법을 익혔고, 구슬과 딱지 따먹기에 푹 젖었다. 철없는 아이들 짓이라고 하기에는 너무 일찍 어른들 흉내를 냈다. 골방에 숨어서 한 행동은 부끄러우나 그때의 친구들은 그립다.

구부러진 길에는 인정이 있었고 온갖 이야기가 풍성했다. 얽히고설킨 집집이 순가락 숫자까지 세고 살았다. 영수네 할아버지는 중풍으로 오래 누워계셨고, 전봇대 밑 미옥이 할머니 집의 아저씨는 늦은 밤마다 술에 취해 큰소리로 노래를 부르고 그 식구들을 귀찮게 했다. 풀 죽은 미옥이와 그녀의 동생들이 대문 앞 전봇대 아래에 쪼그리고 있던 모습이 애잔하다. 한 집에서 감자나 옥수수 몇 개를 삶으면 어김없이 우리 집에도 돌렸다. 그렇지만, 이따금 슬픈 일도 있었다. 셋방살이하던 준석이네가 야반도주했다는 소식도, 빚잔치를 하고 먼 시골로 갔다는 정순이 집 사연도 어른들의 얘기에 귀동냥으로 알게 된 아픈 추억이었다.

골목은 담과 담 사이로 연결된 도시의 실핏줄 같다. 오래전의 일이다. 마음이 허전한 날에는 다른 동네의 좁은 길을 산책하곤 했다. 처음 걷는 길은 호기심도 많았다. 낡은 실핏줄을 따라 걷노라면 담 너머 사람의 향기가 간간이 풍겨왔다. 자지러지게 우는 아기의 울음소리에서 생명의 순박함도 느꼈고, 노인의 해묵은 기침 소리엔 삶의 고달픔이 잔잔하게 들렸다. 오래된 모과나무가 있는 집, 빠끔히 열린 대문 안을 슬쩍 엿보았다. 길게 처진 빨랫줄과 바지랑대가 보이고, 마당 귀퉁이 뜰엔 홍초와 맨드라미가 웃고 있었다. 햇살이 비스듬히 비치는 툇마루엔 고양이 한 마리가 낮잠을 즐기고 있는 정경! 과거의 추억이 현재의 시간과 더불어 숨을 쉬는 담 너머의 풍경이었다.

요즘 아이들은 골목 문화를 잘 모른다. 변두리나 개발이 안

된 동네가 아니면 좁은 길을 만날 수 없다. 대부분이 공동주택 생활을 하기에 골목 지나갈 일이 별로 없다. 혹 지나간다고 해도 별다른 느낌을 못 받는다. 그곳에 얽힌 추억이 없기 때문이다. 무어라 말할 수 없는 그리움이 숨어있는 듯한 과거의 길은 사라진 지 오래다. 넓은 길과 편리한 아파트에 익숙해져 정이 넘치던 골목의 따뜻함을 알지 못하는 게 안타깝다.

며칠 전 낯선 동네의 골목에 들어갈 기회가 있었다. 예전의 모습이 많이 살아있는 오래된 동네였지만 스산한 바람이 먼저 반긴다. 사람이 다니는 길이지만 사람의 모습이 보이지 않는다. 너무 적막하여 길이 숨도 쉬지 않는 것 같다. 조금 넓어진 길 한쪽으로 승용차들만 따개비처럼 붙어 있을 뿐 오아시스가 없는 사막을 지나는 듯 삭막했다. 언제라도 들어서면 환히 웃는 할머니나 누이가 반겨주던 골목은 찾을 수 없었다.

골목은 내 유년의 실크로드였을까. 들어온 사람과 빠져나간 사람의 부대낌에서 희망과 그리움을 키웠다. 한 시대의 문화와 인정이 넘치던 보금자리였다. 언제 걸어도 아늑한 향수와 흙바람이 살아서 나오는 곳이었다. 어린 시절의 추억 때문에 언제까지 지난 시절의 살가운 골목을 고집할 수는 없다. 하지만 내 꿈과 사랑이 싹트고 꽃피던 그곳이 그리운 것은 어쩔 수 없는 일이 아닐까. 텅 빈 좁은 길, 호주머니에 손을 넣고 어슬렁거리는 것이 나만의 사치는 아닐 것이다. 포근한 고향의 품속 같은 그곳. 한 발 내딛는 순간 구수한 흙냄새와 담장을 넘는 오월의 덩굴장미가 반기고, 어디선가 추억 속의 친구가 불쑥 문을 열고 나타나 손을 내밀 듯한 골목이 진정 그리워진다.

각본 밖의 하루

흐린 하늘이 바다에 안겨 온통 뿌옇다. 눈이라도 올 듯 찡그린 대기가 온몸을 감싼다. 지금 나는 해운대의 누리마루 아래 바다를 바라보며 섰다.

임진년 초하루 아침이다. 채 눈을 뜨기도 전에 부산 해운대에 사는 처형에게서 전화가 왔다. 새해 첫날을 해운대 파도와 함께하기로 했다. 처형과 아내의 정담을 뒤로하고 슬며시 홀로 산책을 나왔다. 동백섬에 들어서니 가족들과 나들이 나온 관광객의 웃음소리가 정겹다. 따뜻한 날씨 탓인지 데이트를 즐기러 온 연인들도 제법 보인다. 무엇이 즐거운지 서로 바라보며 얘기하는 얼굴이 환하다. 관심이 없는 척하면서도 곁눈으로 지켜본 나는 무엇인지 부러운 마음만 가지고 걸어간다.

스치는 젊은 연인들의 걸음이 경쾌하다. 서로가 배려하는 모습이 아름답다. 새해 아침에 홀로 카메라만 들고 돌아다니는 나는 누구인가. 자유인인가? 고독한 방랑자인가? 자신에게 물어도 정확한 대답은 나오지 않는다. 예전에는 구애받지 않고 마음대로 돌아다니는 것이 참 멋있게 보였다. 또 그렇게 많이 다녔다. 그런데 오늘은 크게 즐겁지가 않다. 젊음이라는 청춘을 잃은 탓일까? 삶의 열정이 식은 탓인지 모든 일이 그저 그렇게 보일 뿐이다.

세상에는 값진 보물을 옆에 두고도 그것의 참 가치를 모르는 사람이 많다. 빼어난 경치와 맑은 공기의 숲을 산책하면서 참 아름다움을 즐기면서도 그 행복을 알지 못하고 살아가는 사람. 예전에 나는 그런 사람을 비웃었다. 그런데 어느 날 돌아보니 내가 그 무리에 속해 있는 것이 아닌가. 앞만 보고 내 갈 길만 걸어온 탓일까. 존재의 고마움과 가치를 모르고 혼자 타성에 빠진 자신이 안타까울 뿐이다.

사실 오늘 아침에는 집에서 가까운 팔조령 능선에 올라 새해 일출을 볼 작정이었다. 새벽에 베란다 창을 여니 하늘에 구름이 많이 끼었다. 산에 가도 일출을 보기 어렵겠다고 판단하고 다시 뒤척거리던 중 전화를 받은 것이다. 생각지도 않은 부산 해운대로 가게 되었다. 각본 밖의 삶이라고 할까? 아니면 조물주가 이끌어가는 삶을 내가 미처 알지 못한 것일까?

오후가 되니 하늘과 바다가 말간 얼굴을 내민다. 물빛이 시나브로 짙푸른 색으로 넘실거린다. 어느덧 해운대 백사장에는 사람들로 붐비기 시작한다. 방패연, 가오리연을 날리는 아이들이 보이고, 밀려오는 물결 곁에서 장난치는 연인들도 있다. 파도소리와 수백 마리의 갈매기들이 선회하며 소리치는 모습에 바다도 사람들도 출렁출렁 춤을 춘다. 덩달아 내 마음이 맑아진다.

산책로를 걷다 보니 어디선가 경쾌하면서도 애잔한 기타 소리가 들린다. 여든쯤 되었을까? 도수 높은 돋보기 속에 표정 없는 눈빛의 노인이 흘러간 트로트 유행가를 전자 기타로 연주하고 있었다. 나도 모르게 발걸음이 멈췄다. 검버섯이 드문드문 핀 얼굴, 마른 감나무 등걸 같은 손에 꼭 쥐어진 작은 피크가 눈에 들어온다. 후줄근한 복장과는 달리 연주 솜씨가 절묘하다. '애수의 소야곡' '이별의 부산 정거장' 오래된 가요들이 애절한 선율을 타고 바다를 향해 흐른다. 젊은 시절 이름 있는 연예단의 밴드 마스터 출신이리라. 세월이 흘러 지금은 거리의 악사가 되었나 보다. 흘러간 시대를 연주하는 그의 모습이 멋있지만, 한편으로는 측은하다. 이유를 알 수 없는 눈물이 가슴을 적신다.

그를 보며 문득 나의 미래를 그려보았다. 먼 훗날 나도 저 나이가 될 것이다. 그때 내 모습은 어떻게 변해 있을까? 저 노인보다도 행복한 삶을 살고 있을지, 건강이 좋지 않아 고생하고 있을지 알 수가 없다. 평균 수명이 높아졌다고 좋아할 수만은 없는 것이 현실이다. 어떤 삶을 오래 살아가느냐가 중요할 것이다. 보통 사람의 평범한 삶이 아름다울 것이다. 주위를 돌아보니 기타를 치는 할아버지와 같은 연배의 노인 몇 분만 있을 뿐 젊은이들은 아무도 없다. 경험을 공유하지 못해서일까. 그들과 음악적 소통도 어려운 모양이다.

늦은 저녁 열차 속은 아늑하다. 둘러보니 대부분 편안하게 눈을 감고 있다. 새해 첫날밤 서울행 열차 차창 밖으로 떨어지는 배꽃 같은 눈발이 희끗희끗 날린다. 멀리 줄지어 선 불빛들을 마주 보며 정해진 궤도를 달리는 밤기차. 어둠 속으로 달려가는 열차 속에서 내 삶의 내일은 어떻게 펼쳐질지 혼자 생각에 잠긴다.

어느 운수 좋은 날

"빨리 119로 전화해!"

지난해 초여름이었다. 아침에 일어나니 갑자기 어지럽고 양손에 힘이 없었다. 식사하는 데 매스꺼움이 일어났다. 겁이 덜컥 났다. 평소에 혈압관리는 잘하지만, 혹시 뇌에 문제가 생긴 것이 아닐까? 고혈압 가족력이 있는지라 아내는 늘 뇌졸중 증세와 대처요령을 프린트해서 주방 한쪽에 붙여놓았다. 한참 살펴보더니 아무래도 의심된다며 구급차를 불렀다.

오늘 오후에 갑자기 휴대전화가 불통이었다. 산 지 얼마 되지도 않은 최신기계인데 왜 이럴까? '유심(usim)이 없습니다.'라는 메시지만 뜬다. 조금 전까지도 정상으로 작동했는데 유심이 없다니 무슨 말인가. 다른 기능은 가능한데 중요한 통화기능이 안 된다. 서비스센터에 전화하니 오늘은 예약시간도 잡을 수가 없었다. 혼자 몇 번 만져보다가 급히 둘째 아들에게 구원을 요청했다. "아, 그거요. 대리점에 가서 다른 유심을 사서 끼우면 정상 작동될 것입니다. 지금 유심은 예전에 쓰던 것을 잘라서 쓰다 보니 그렇습니다. 그곳에서 잠깐이면 고쳐질 것입니다."

 응급실 안은 전쟁터였다. 문진과 혈액검사를 하더니 바로 CT 촬영에 들어갔다. 도대체 무엇이 잘못되어 이런 일이 일어났을까? 잠시 후에 결과를 가져온 담당 의사가 CT상에 문제가 있으니 MRI를 찍어 보라고 한다. 이럴 수가? 이러다 큰일이 나는 것이 아닐까? 온갖 생각이 머릿속을 흔들었다. 아직 결과가 나온 것은 아니지만, 아내의 얼굴도 하얗게 변했다. 왜 이런 시련을 준다는 말인가. 내가 무슨 잘못을 저질렀기에 이런 일이 생긴단 말인가. 혼자 묻고 반성해 보았으나 현실은 차가웠다. 영상으로만 보던 MRI 촬영에 들어갔다. 매스컴에서 본 느낌은 편안했으나 실제로 당해보니 고문당하는 느낌 같았다. 망치로 뇌를 두드리는 듯한 소리가 15분이나 들렸다.

 퇴근 후 서둘러 대리점을 찾았다. 금요일 저녁이라 도로가 온통 차의 홍수다. 경산에서 지인의 출판기념회에 참석할 예정이라 마음이 바빴다. 주차할 공간이 없어 좀 떨어진 곳에 비상등을 켜놓고 유심을 교체하기로 했다. 아들의 말과는 달리 새 유심을 교체하려면 작성 서류도 필요하고 신규 개통하는 것처럼 절차를 밟아야 한다는 것이다. 모임 시각을 맞추려 급히 왔으나 일은 더디게만 진행되었다. 본부의 승인을 받는 시간이 예상 밖에 많이 흘렀기에 출판기념회엔 참석할 수 있을까 하며 마음만 다급했다.

MRI 결과를 기다리는 내내 초조했다. 사진 판독을 위해 방사선과 의사 몇 사람이 한참 이야기를 나누더니 설명을 한다. 명확한 증상은 찾지 못했지만, 혈관이 선천적으로 좁을 수도 있다고 얘기를 한다. 특별히 입원하지 않고 통원치료를 하면서 결과를 지켜보자고 말한다. 긴장으로 졸이던 가슴에 꽉 막힌 응어리가 내려간 듯 편안해졌다.

원상 복구된 휴대전화를 들고 즐거운 마음으로 차를 세워둔 곳에 가니 좀 이상했다. 분명히 비상등을 켜 놓고 갔었는데 전원이 꺼져 있는 것이 아닌가. 이건 또 무슨 일인가? 시동이 걸리지 않는 것이다. 방전이 되어 꼼짝도 하지 않았다. 바쁜 날 참석 약속을 지키려고 서둘렀지만, 상황은 자꾸 거꾸로

가고 있으니 어쩔 도리가 없었다. 급히 정비소로 연락해서 충전했으나 때는 너무 늦었다. 오늘만큼 머피의 법칙이 지켜진 경우가 있을까?

저녁을 먹고 TV를 보면서 많은 생각을 했다. 세상일은 종잡을 수가 없다. 물론 미래는 신의 영역이라 인간이 어찌 짐작하겠느냐마는 오늘 하루는 너무 꼬였다. 아침 출근길은 밝고 맑은 FM 방송을 청취하면서 즐겁게 시작했다. 웬일인지 수업도 조용하고 재미있게 진행되어 평소 말썽꾸러기도 예쁘고 귀여웠다. 계획대로 출판기념회도 가서 모처럼 정겨운 사람들과 즐거움도 나눌 생각에 기분이 들떠 있었다. 오후에 갑자기 휴대전화기가 말썽을 부리더니 오전과는 정반대로 모든 것이 비틀어졌다.

나는 흐르는 강물처럼 살아가길 바란다. 일이란 잘못될 수도 있고 잘될 수도 있다. 모든 것은 자신의 마음에 있다. 일이 꼬이면 꼬인 대로 수긍하고 쉽게 풀리면 고마운 마음으로 받아들인다. 머피의 법칙 또한 마음의 현상이라고 생각된다. 사물을 순리대로 대처하면 그 또한 자연스럽게 풀린다는 평상심이 내 운명이 아닐까?

칡과 등나무

가슴이 탄다. 요 며칠 동안 은근히 속이 끓었다. 수신확인 메일함을 수시로 열어 보았다. 내내 '읽지 않음'이라는 파란 글씨가 뜬다. 별일 아닌 것 같으면서도 왠지 씁쓸하다. '무슨 일이 있는가?' '안 읽기로 작정했나?'

출근을 하고 책상에 앉았지만, 가슴 한쪽이 허전했다. 도서관 벽의 담쟁이 잎이 손을 흔들어도, 정원에서 아침 박새들이 노래해도 즐겁지 않았다. '그까짓 일…….' 심호흡 한 번 하고 정원을 천천히 걸었다. 언제부터 K가 내면 깊숙이 들어왔을까? 동그란 매실이 잎 사이에 숨어 노랗게 익어가건만, 장마 탓인지 습도만 높고 정신은 흐릿하다. 지나간 일이 떠오른다.

'16강 추카 추카'. 월드컵 예선 마지막 경기에서 우리나라가 16강 진출이 확정되는 순간 날아온 문자였다. 시계를 보니 여명이 눈을 비비기도 전인 새벽 5시 20분이다. 짜릿한 흥분과 감흥을 함께 하고 싶었으리라. 당황했지만 K의 성격을 아는지라 슬며시 미소를 짓는다. 어찌 보면 감성이 지시하는 대로 실천하는 천진한 어린아이 닮았다. '추카 추카 대-한 민국' 답신을 보내는 내 마음도 싱그럽다.

'상동교 위에 달이 휘영청 하네요.' 늦은 밤 신천 고가도로를 달리면서 문자를 보내준다. 몇 마디 속에 신천 둔치에서 걷던 달밤의 정취를 K가 꺼내 준다. 베란다 창을 여니 구름 한 점 없는 하늘에 둥근 달이 안긴다. 문자 속에 따스한 정이 흐른다. 내 삶에서 이런 감성을 전해 준 다른 사람이 있을까?

하루라도 삶의 흔적을 묻지 않으면 궁금하다. 일찍 출근해서 습관적으로 메일함을 연다. 석류알 같은 사연이 주르륵 쏟아진다. 내가 살아온 삶과는 다른 세상이다. 도전하고 성취하는 그의 인생철학이 감동적이다. 소심한 내가 가지지 못한 적극적인 성격의 K가 부럽다. 프로스트의 '가지 않은 길'에 대한 해답도 미루어 짐작해 볼 수 있다. 다시 새로운 길을 갈 수 있다면 본받고 싶은 삶이다. 그런 그에게서 메일이 끊긴 지 일주일이나 된다. 마음은 사우나실에서 허덕인다.

만남이란 오묘한 인연의 조화이리라. 삶에서 헤어짐을 전제로 하지 않는 만남은 없을 것이다. 눈을 감고 생각에 잠긴다. 비움을 터득한 종교인도 아름다운 인연은 오래가길 바라지 않을까? 끈끈한 정으로 얽혀가는 자체가 삶의 과정일 수도 있다. 깊고 푸른 삶에서 K와 이어진 시간은 찰나였다. 세월이 흐르면 고운 추억으로 갈무리 될 것이다. 하지만 이별이 너무 빨리 다가왔다. 만남도 잠시였지만 끊어짐도 순간일까?

몇 번이나 문자를 보낼까 생각했다. '무소식이 희소식이길. 잘 계시는지요?' 보낼 문자도 수없이 떠올려 보았다. 며칠 더 기다려보자. 느긋해지자. 혼자 마음을 다잡았지만 내내 찌푸린 하늘처럼 답답하다. '일체유심조一切唯心造'란 말을 즐겨 음미하건만 가슴은 시리기만 하다.

창을 여니 솔바람 타고 내려온 빗방울이 거리를 적신다. 이내 눈앞을 가로막는 빗줄기에 눈가가 촉촉해진다.

팽팽한 줄다리기

　며칠 전의 일이다. 아침에 일어나 말을 하려니 목소리가 마치 늑대가 '캥캥'거리는 듯했다. 겁이 덜컥 났다. 정상적인 발음이 되지 않는다. 이러다가 말을 못하는 것이 아닐까? 한 번도 이런 일이 없었는데?

　지난주 수요일 취미로 즐기고 있는 국악반에서 윷놀이가 있었다. 꽉 짜인 답답한 삶에서 뛰쳐나와 즐거움을 얻기 위해 시작한 국악이다. 흥으로 시작해서 신명으로 끝을 맺기에 처음부터 가슴이 설렜다. 장소가 주민자치센터 지하공간이라 공기가 조금 좋지 않은 것이 걱정되었지만, 내성적 성격인 나는 의도적으로 열심히 참여했다. 목에 무엇인가 걸린 듯 이상했지만, 그냥 지나쳤다. 올해는 감기 한 번 걸리지 않았기에 별일 아닌 것으로 생각했다. 다음 날 일어나니 노래방을 혼자 전세 낸 듯 고함지르면서 목을 혹사한 결과보다도 더 심각했다.

오전 내내 뒤척이다 안 되겠다 싶어 병원 문을 두드렸다. 대기실에는 십여 명이 무표정한 얼굴로 앉아 있었다. 몇 마디 증상을 듣고 목 안을 살펴본 의사가 낮은 목소리로 무뚝뚝하게 말을 한다. "목이 많이 부었네요. 약을 먹고 말을 많이 하지 마세요." 삼 일분을 약을 처방받았다. 약국에서 조제된 약을 보니 한 봉지가 한 줌씩이나 된다. "이 만큼씩 약을 먹으면 위가 견디어 낼까요?" 걱정스러운 나의 질문에 "그 정도는 괜찮습니다. 소화제도 같이 있으니까요."라고 약사가 웃으면서 안심을 시켜준다. 잔병이 없었기에 한 번에 이만큼의 약은 먹은 일이 없다. 혹 아파서 약을 먹었을 땐 한두 알만 먹으면 나았다.

식사 후 약봉지를 열었다. 오늘이 사흘째이다. 그때 굵은 글씨가 내 눈에 확 들어온다. 1일 3회 3일분. 갑자기 한 생각이 머릿속을 스쳐 지나간다. 왜 의사가 1일분이나 4일분의 약을 처방하지 않고 3일분의 약을 처방하였을까? 보통 대부분 3일분의 약 처방전을 준다. 환자가 쉬면서 예전의 상태를 얻으려면 3일이라는 날짜와 3일분의 약이 가장 적절하다는 것을 알려주는 게 아닐까. 삶에 있어서 적절성을 찾을 수 있다는 것은 참 어려운 문제이다. 약이 세 봉지 남았으니 오늘이 고비가 되는 날인 모양이다. 한 봉지를 들고 약을 훑어보았다. 막대 모양의 약과 붉은색 흰색의 약들이 조금 더 친근하게 다가온다. 한 움큼의 약을 입에 넣으면서 이제 두 봉지만 더 복용하면 원상태로 돌아가리라 하는 희망에 잠긴다.

평소 운동을 좋아하는 나는 스포츠센터 이용을 한 지도 이십 년이 넘는다. 한 곳에서 오래 해서 친근한 사람들도 많다. 직장에도 헬스장이 있지만 아무래도 규모가 큰 곳의 시설이 좋아 돈이 더 들더라도 이곳을 이용한다. 최우선 순위를 건강관리에 두고 운동해 왔기에 건강과 몸매는 나름대로 지킬 수 있었다. '오늘 걷지 않으면, 내일은 뛰어야 한다.'라는 평범한 구절을 입으로 외면서 살아왔다.

몇 달 전부터 몸매에 대한 욕심이 생겨서 운동량을 늘리기로 했다. 트레이너의 상담을 받아 꽉 짜인 순서대로 운동했다. 유산소운동으로 시작해서 근력 운동 그리고 마무리 스트레칭까지 한동안 무리 없이 진행되었다. 나이가 들수록 근력의 중요성을 강조하기에 근력 운동에 관심을 많이 쏟았다. 보름쯤 지났을까 갑자기 허리가 시큰해 왔다. 평소보다 조금씩 더 한 것이 탈이 난 모양이었다. 얼마간의 조리로 회복이 되었지만 적당한 선을 다시 생각하게 한 사건이다.

최근에는 학생 인권을 강조하는 정책이 쉴 새 없이 쏟아지고 있다. 예전에는 생각지도 못한 일들이 교육현장에서 자주 일어난다. 그동안 교사 중심으로 진행되는 교육이 학생중심으로 이동하면서 자연스럽게 생긴 결과이다. 학생의 인권을 찾아주는 것은 정말 바람직하고 좋은 현상이다. 그런데 상황이 좀 이상하게 돌아가는 느낌이 든다. 학생 인권을 찾아준다는 것이 도리어 교권을 침해하는 쪽으로 가는 듯하다. 상생이 아니라 공멸을 향해 가는 것 같다. 그들의 인권은 소중하지만 지켜야 할 규범과 질서를 내팽개치는 상황이 많이 발생한다. 교실 붕괴가 아니라 교실 폭발로 이어질까 생각되는 것은 과민반응일까.

"선생님, 피자 한 판 쏘시지요. 평가 때 잘해 드리지요." 작년 어느 초등학교 육 학년 교실에서 일어난 일이다. 이게 무슨 말인가. 물론 극단의 경우를 예로 든 것이지만 세상은 이렇게 바뀌고 있다. 인권 운운하면서 체벌이 없어지고, 교원평가라는 명목 아래 적절성과 타당성도 없는 정책이 불러온 부끄럽고 한심한 교단의 한 풍경이다. 누가 그들을 이렇게 몰고 갔는가. 적절성을 잃은 대중영합주의의 결과이고 암담한 미래를 짐작하게 하는 한 사건이다. 정말 이상하다. 정치가들이나 교육가들이 모두가 더 나은 미래를 위해 펼친 정책이 갈수록 더 나쁜 결과를 가져오고 있으니 개나 소가 웃을 일이 아닌가.

아침에 신문의 표제를 소리 내어 읽어왔다. 정상적인 발음이 되지 않고 허스키보다 낮은 쉰 소리만 비음으로 귀를 자극한다. 답답함에 베란다로 나와 창을 열었다. 가방을 멘 한 여학생이 지나가는 것을 보면서 생각의 날개를 단다. 나날이 발전하는 문명과는 달리 한쪽으로만 치우친 교육정책이 안타깝다. 언제가 들른 도서관 한쪽에 '과유불급過猶不及'이란 액자를 본 일이 있다. 별생각 없이 보고 지나친 글귀가 머리에서 맴돈다.

주제

어떻게 써야 맛깔스러운 글이 될까? 늘 이 생각의 울타리에 갇혀 있다. 수필을 체계적으로 가르치는 곳이 생겨 공부한 지도 몇 해가 지났다. 처음에는 '붓 가는 대로 형식 없이 쓰는 글'이라 생각하고 겁 없이 시작했다. 즐겁게 출발했지만, 날이 갈수록 수렁에 빠진 것 같다. 멍하니 창밖을 보니 안개꽃처럼 흐릿한 지난날이 떠오른다.

"치밀한 구성 아래 소재의 형상화가 되어야 합니다." 좋은 글의 요건을 설명하는 강사는 까다로운 주문을 쏟아낸다. 자신의 경험을 진술하게 풀어놓는 것이 기본 원칙이지만, 한 걸음 나아가면 소설 작법과 같은 어려운 조건이 붙는다. "이야기말하기(스토리텔링) 구성이 되어야 재미와 감동을 줍니다.

가장 중요한 것은 주제가 선명해야 합니다."

공부한 내용을 되새김하니 머리가 아프다. 감성적이고 서정적인 글을 좋아하는 나는 많이 당황한다. 서정수필은 주제가 잘 드러나지 않는다. 꼬집어 주제를 말하자면 자연에 대한 감흥이 대부분이다. 조금 더 깊은 사색과 사유가 들어가야 좋지만 만만치 않은 내공이 필요하다. 알량한 감성만 드러내는 글은 단순한 배설 수준에 지나지 않는다. 말하고자 하는 것이 또렷하지 않아 머릿속이 복잡해진다. 어떻게 형상화해야 감동적인 글이 될까?

세상이 너무 빨리 변한다. 요즈음 교실 풍경은 상상을 초월한다. 마치 브레이크가 고장 난 차를 타고 전속력으로 달리는 듯하다. 바뀌는 사회의 몇 곱절 변화가 내 발목을 잡는다. 그들에게 대하는 애정이 식었나 하고 가슴에 손을 대 보기도 한다. 아니다. 몇몇 동료와 고민을 나눠보면 결코 아니다. 무엇 때문에 이렇게 변했을까? 잠시도 집중을 못 하고 떠들고 행동한다. 삶에 대한 목표를 생각하기 전에 눈 뜨고 말하면서부터 줄서기에 시달린 탓일까. 지는 것은 파멸이라며 끊임없이 상대를 밟고 일어서려 한다. 안타깝다. 다가올 미래가 캄캄하고 무섭다.

늦은 밤에 하루를 돌아보니 그저 밋밋하다. 내가 쓴 글과 비슷하다. 오늘 마지막 수업시간이었다. 시작 벨이 울려 교실에 들어가니, 그때 몇 명이 화장실 가려고 일어서서 나간다. 교실 풍경은 고삐 풀린 망아지보다 더 산만하고 질서가 없다. 마치 시골 오일장 파장 후에 바람에 쓸려 다니는 쓰레기를 보는 듯 쓸쓸하다. 바닥에는 휴지와 버린 인쇄물들이 가득하다. 함께 청소하면서 많은 생각을 한다. 공부하는 목표가 글의 주제와 같거늘 왜 이런 주제가 없는 삶을 살까?

주제가 없는 삶은 없을 것이다. 이 애들에게도 공부하는 목표가 있을 것이다. 다만 사실을 명확히 알지 못하고 살아갈 뿐이다. 지금 그들에겐 그냥 시키는 대로 산다는 것이 목표이고 주제인 듯하다. 꼬집어 무어라 표현하지 못하고 정신없이 돌아가는 하루의 삶, 그 자체가 목표이고 주제가 아닐까.

글쓰기의 길에 들어선 지도 한참 된다. 처음에는 맑게 보이던 길이 갈수록 흐릿해진다. 흥겹던 마음도 사라지고 걸을 때마다 우물쭈물해진다. 자신 있게 콧노래도 부르면서 시작했지만 갈 길은 아득하기만 하다. 몸으로 걸어갈 길을 머리로만 걸은 탓이리라. 다시 좌표를 정하고 행장을 꾸려야겠다. 발바닥이 부르트도록 가야겠지만 마음만 앞서고 몸이 움직이지 않는다.

　"글은 곧 사람이다."라는 말이 떠오른다. 글에서 작가의 가치관과 주제, 개성이 나타난다. 좋은 글과 좀 부족한 글의 차이는 있겠지만, 주제가 없는 글은 없다고 본다. 정신없이 휘갈겨 쓴 낙서 같은 글 이외에는 글쓴이가 주는 메시지가 있다. 그 울림의 크기와 기준이 문제이다. 주제를 잘 표현하지 못하는 내 글이 요즘 아이들 삶과 비슷해서 부끄럽기만 하다.

　주제가 또렷한 글을 쓰고 싶지만, 생각은 엉킨 칡덩굴이다. 밋밋한 글은 독자에게 재미도 감동도 줄 수가 없다. 벗고 감추고 생략하고 돌려 말하기의 이론은 머릿속에 가득 차 있지만, 알곡만 골라내기가 어렵다. 알갱이가 쉽게 드러나지 않더라도 솔직한 삶을 펼치면 좋은 글이 되리라. 모두가 주제를 생각하며 글을 읽지는 않을 것이고 의도한 핵심을 파악 못할 수도 있을 것이다.

　변화와 빠름이 어깨를 나란히 하고 지나간다. 매일 비바람이 몰아치는 언덕을 넘는 삶을 산다. 어떤 방법으로 목적지까지 탈 없이 갈까 하는 것도 하나의 주제이리라. '쉽게 읽힐 수 있는 평범한 사람의 솔직한 일상을 그린 글, 악한 사람은 벌을 받고 착한 사람은 복을 받는다.'라는 세상을 이야기한 글이 좋은 글이다. 유치한 내용이더라도 잔잔한 호수의 물결을 가슴에 담을 수 있는 글을 쓰고 싶은 것은 지나친 욕심일까.

제 3 부
달빛 사냥

태고의 신비를 가지고 온갖 바위들이 눕거나 서 있어
기묘한 절경을 이루는 곳.
수천 년의 물길이 세월의 흐름 속에 말없이 흐른다.
잠시 너럭바위에 앉아 유유히 흐르는 물을 바라본다. 저 물과 바위는
예나 지금이나 다름없건만 우리의 인생은 너무 짧지 않은가.

비렁길

범어네거리의 아침은 출근 차량의 홍수로 생명력이 넘친다. 약속 시각보다 조금 일찍 도착하니 정해진 장소에 차가 보이지 않았다. 한참을 기다리니 동료의 승용차가 다가온다. 연료를 넣고 오는 길이라 조금 늦었단다. 새해 벽두부터 몰아닥친 한파주의보로 세상은 꽁꽁 얼었다.

휴가철마다 계획한 여행이다. 수십 년 한솥밥 먹던 동료와의 모임이라 편안하고 정겹다. 낯선 곳의 자연과 새로운 사람을 만난다는 기대감에 언제나 즐겁다.

'비렁'이란 말을 들어본 적이 있는가? 몇 번 중얼거려보니 입안이 맑아지고 경쾌한 느낌도 든다. 지난 연말에 우연히

'비렁길'이란 방송화면을 보게 되었다. 채널을 이리저리 돌리다가 만난 '한국의 비경'이라는 프로그램의 끝 부분이었다. 처음 듣는 '비렁길'이란 단어가 마음을 확 끌어당겼다. 자료를 찾아보니 여수 돌산도 아래에 있는 '금오도'란 섬의 둘레길이다. 그래, 저곳을 한 번 다녀와야지. 그때부터 마음은 그 길을 걷고 있었다.

만만치 않은 거리이기에 이박 삼일로 여정을 잡았다. '비렁길'은 한려수도의 첫걸음을 떼는 여수에서 배를 타고 갈 수 있다. 호남지방에 눈이 온다는 일기예보에 걱정 반 기대 반으로 출발을 했다. 섬진강휴게소에 도착하니 벌써 오후가 되었다. 다른 휴게소와는 달리 육교가 설치되어 건너편 휴게소 쪽으로 넘어가 섬진강을 볼 수 있다. 비스듬한 햇살이 강물에 반짝거리는 풍경. 강가 마른 갈대숲이 바람에 일렁거리는 모습은 언젠가 닥칠 내 삶의 마지막을 보여주는 듯 아름다움보다는 쓸쓸한 느낌이 더 강했다. 여수에 도착하니 약간의 눈발만 날리고 있었다. 향일암의 운치에 오래 머문 탓일까? 배 떠나는 시각이 맞지 않아 다음 날 아침에 출발하기로 했다.

이튿날, 다행히 눈은 살짝 뿌리고 지나갔다. 여객선 터미널에 가니 거문도, 백도 방면은 풍랑주의보로 배가 뜨지 못하고 금오도행은 정상이다. 객실 안은 여수에 들렀다가 돌아가는 섬 주민들 대여섯 명과 '비렁길' 트레킹에 나선 여행객 스무 명 정도만 보인다. 넓은 객실바닥엔 전기장판을 깔아 놓은 듯 뜨끈뜨끈하다. 승객 모두가 찜질방에 들어온 듯 누웠다. 카페리 호라 큰 흔들림도 없고 마치 요람에 누운 아이를 살짝 흔들어주는 기분을 맛보게 한다. 겨울철 평일이고 아직 '비렁길'이 많이 알려지지 않았기에 이런 호사를 누릴 수 있지 않을까. 옆 일행들은 거문도로 갈 예정이었으나 풍랑으로 배가 출항하지 못해 급히 여정을 바꾸었다는 얘기도 들린다.

함구미 선착장의 하늘은 쪽빛 염료를 쏟은 듯하다. 선착장을 출발하여 용두, 두포, 직포, 우학 선착장으로 연결된 코스로 잡았다. 약 4시간 30분이 걸리는 거리이다. 한편으로 가슴이 설레고 또 다른 생각은 너무 멀지 않을까 걱정도 든다. 평지도 아니고 해안 절벽 길을 4시간 이상 걸어야 한다. 쉬지 않고 걸어야 돌아오는 배 시각을 여유 있게 맞출 수가 있다. 다음에 다시 올 기회가 있을까 생각하니 발걸음에 힘이 솟아난다.

금오도의 '비렁길!' 금오도金鰲島는 자라를 닮은 섬이라 하여 붙여졌다. 금오는 '금오신화'의 고장 경주 남산의 이름과 같다. 울창한 숲이 우거지고 원시림이 잘 보존되어 멀리서 보면 검게 보인다고 해서 '거무섬'으로도 불린 섬이다. '비렁'이란 절벽의 순우리말인 '벼랑'의 여수사투리이다. 이 길은 금오도 주민들이 낚시와 땔감을 구하기 위해 다니던 해안길이다.

여의주를 물고 있는 용의 모습을 닮은 용두를 지난다. 사람 키를 훌쩍 넘는 억새들이 비취빛 바다에서 저마다 손을 흔든다. 가파른 숨을 고르기도 전에 다다른 곳은 100여m가 넘는 듯한 아찔한 해안 절벽 옆의 넓은 공간이다. 미역널방이다. 아래를 보니 현기증이 난다. 숨이 멎을 듯하다. 섬 주민들이 이곳에서 미역을 말렸다 하여 붙여진 이름이다. 예전에 여기 엎드려 상어를 낚았다는 전설이 있을 정도로 많은 이야기를 지닌 '비렁'이다. 아득한 절벽 아래 포말로 부서지는 파도는 정신이 달아날 정도로 아름답다. 문득 영화 '빠삐용'의 절정이 생각난다. 주인공 앙리 샤리엘(스티브 맥퀸)이 악마도에서 탈출하기 위해 야자열매를 던져 해류를 연구하던 그곳의 풍경이 눈에 펼쳐진다. 우리에게 진정한 행복은 무엇이며 인생은 무엇인가를 깊이 되새기게 한 그 영화의 한 장면. 마음 한구석에선 두 팔을 벌리고 뛰어내리고 싶은 충동도 하게 하는 멋진 곳이다.

다시 발길을 재촉한다. 오른쪽으로 바다와 하늘을 옆에 안고 하염없이 걷는 길이다. 세찬 바람에 얼굴이 얼얼하다. 고려 시대 보조국사 지눌이 세운 송광사라는 전설 속의 절터를 지난다. 너무 좁은 곳이다. 과연 이곳에 큰 절이 있었을까? 그 당시 여기까지 사람들이 많이 올 수가 있었을까 하는 혼자 생각에 잠긴다. 길에 주먹만 한 돌이 많아 걷기가 힘들다. 군데군데 걷기 어렵고 거친 구간에는 데크(나무로 연결된 길)로 연결되어 있어 나그네들의 발걸음이 가볍다.

하늘이 금방 잿빛으로 얼굴을 바꾼다. 이따금 비치는 햇살에 바다가 춤을 춘다. 물결은 가만히 있지 않는다. 뒤집어졌다가 솟아오르기도 하고 적과 마주친 병사들처럼 와 하고 몰려왔다가 다시 뒤로 물러난다. 몇 년 전 거제도 망산을 오르던 때이다. 푸른 바다를 옆구리에 낀채 멀리 수평선의 바람을 안고 하염없이 걷던 기억이 생생하다. 가파른 오르막길도 만나고 평탄한 길과 내리막길도 앞에 펼쳐진다. 삶이란 무거운 짐을 지고 천천히 보이지 않는 끝을 향해 걸어가는 것이라는 누군가의 말에 고개를 끄덕인다.

한 시간 반 정도 지났을까? 이 섬에 처음 사람이 들어와 살았다는 초포라고도 불리는 두포에 들어섰다. 바닷바람은 오른쪽 뺨이 돌아갈 정도로 강하고 매섭다. 입구에 불무골이란 지명이 있다. 고종 때 대원군이 경복궁을 지을 때 금오도의 나무도 가져갔다고 한다. 그때 나무를 베기 위한 연장을 만들던 대장간이 있었다는 곳이지만 갈 길이 바빠 확인할 길이 없었다.

탁 트인 바다 전망이 일품이라는 '굴등 전망대'까지는 한 시간 남짓 거리이다. 굴등은 절벽 위에 굴 껍데기처럼 지어진 특이한 마을이다. 몇 가구가 되지 않지만, 절벽 위에 전망대가 설치될 정도로 빼어난 경치가 환상적이다. 또 바람이 강하기에 나지막한 지붕에는 이리저리 줄을 엮어 놓았고 아래에는 무거운 돌들이 매달려있다. 돌담과 돌벽 그리고 돌로 당겨진 지붕이 이색적이다.

다시 직포를 향해 뚜벅뚜벅 걸음을 재촉한다. 날씨가 화창해진다. 내리막 비탈길에선 콧노래가 절로 나온다. 영화 '서편제'의 한 장면을 연출해본다. 진도아리랑 한 가락을 흥얼거리며 걷는 맛은 피곤함도 잊고 살아있다는 즐거움에 빠지게 해준다. 직포 입구에는 양옆으로 대나무 숲이 울창하다. 굵은 대는 아니지만, 드문드문 오죽烏竹도 섞이고 빽빽하게 자라속이 안 보일 지경이다. 수령 300년이 넘는다는 소나무가 인상적인 두포에도 바람은 세차다. 몽돌이 깔려 해수욕장으로도 유명한 곳이다. 세월의 흔적인 듯 민박집의 담벼락에 거미줄처럼 줄기만 붙은 담쟁이덩굴이 인상적이다. 걷는 동안 만난 밭에는 이 섬의 특산물이라는 방풍나물만 지천으로 널려있다. 봄동같이 파릇파릇한 잎이 생기가 돌아 따 먹고 싶은 충동도 느낀다.

우학 선착장에 도착하니 배 출발까지 한 시간 여유가 있다. 4시간 정도 걸렸다. 반시간 정도 지나니 함께 출발한 다른 일행들이 들어온다. 대전 친척들 모임에서 왔단다. 입담이 좋은 한 분이 재미있는 이야기를 한다. 이 섬에 까투리들이 지천인데 이 늙은 꿩들은 살이 쪄서 제대로 날지를 못한다고 한다. 사냥을 좋아하는 이분이 입맛을 다신다. 총 맛을 본 꿩들은 아주 빨리 나는데, 총 맛을 보지 못한 꿩들은 늙고 살이 쪄서 뒤뚱거리며 날아다닌다나. 우린 몇 마리도 보지 못했는데? 웃고 즐기는 사이에 배가 천천히 들어온다. 객실 바닥은 올 때보다 더 뜨겁다. 피로에 지친 사람들이 모두 누웠다. 살짝 잠이 들었다가 눈을 뜨니 어둠 속에 돌산대교의 불빛이 반짝거린다.

아찔한 해안절벽의 매력에 끌려 찾아온 '비렁길'. 오늘 걸은 길을 머릿속에 그려보았다. 벼랑과 숲과 바다. 그리고 햇빛이 머릿속으로 지나간다. 내 생의 길은 어떻게 펼쳐질까 곰곰 생각해본다. 내일은 전라도로 들어갈까 아니면 경상도로 길을 잡을까 망설인다. 지리산 쪽은 눈 소식에 위험하니 사천에서 숙박하기로 하고 핸들을 돌린다.

길을 만나고 길을 묻다

안개가 어깨동무하듯 산을 감싼 새벽 풍경은 차라리 꿈속이었다. 국토순례 둘째 날이다. 영주 선비문화수련원에서 맞은 여명은 고요 속에 잠겨 먼 옛날 역사 속으로 여행을 떠난 듯하다. 살며시 혼자 일어나 산책을 나갔다. 밤새 오락가락하던 빗줄기는 잠들고 구름 사이 언뜻언뜻 보이는 하늘은 투명한 쪽빛이다. 입구의 '삼락정三樂亭'이란 정자 난간에 기대어 백련이 핀 연지를 물끄러미 바라보았다. 자연은 저렇게 흐린 진흙 속에서도 맑고 청초한 꽃을 피우건만……. 바라보는 내내 숙연하기까지 하다. 고개를 들어 고즈넉한 한옥 지붕을 바라보니 줄을 선 골 기와가 갈아놓은 콩밭 이랑같이 반듯하고 깔끔하다.

해마다 길을 걸으며 세상을 만나고 우리 땅의 정취와 아름다움을 배우기 위해 시작한 순례길이다. 2박 3일 동안 계획된 70Km 정도의 구간을 걷고 또 걷는다. 올해는 소백산 자락길인 영주 순흥의 죽계구곡과 국망봉 아래 초암사를 거쳐 비로봉 기슭의 비로사 가는 길을 첫째 날 코스로 잡았다.

죽계계곡 가는 길은 단풍나무가 지천이다. 빗속의 순례는 속세의 오염을 씻고 선경을 걷는 듯 색다른 분위기이다. 아기 손바닥 같은 잎이 드문드문 빨갛게 물들어 앙증맞다. 바람 따라 일렁이는 모습에 내 마음도 말끔해진다. 며칠 전부터 내린 호우 탓인지 계곡 수량이 만만치 않다. 울부짖듯 흐르는 물소리는 경쾌하다 못해 무섭다. 컴컴한 숲길 아래 허연 이빨을 드러내고 콸콸 소리치는 물살은 유화 물감을 엎은 듯 신비한 맛을 준다. 모두가 말이 없이 앞만 보고 숲길을 헤치고 걷는다. 비안개 자욱한 숲길은 마치 아마존 정글을 탐험하듯 긴장 속에 앞사람만 보고 따라간다. 최근 TV서 방영되는 '정글의 법칙' 주인공이 된 느낌이다. 촉촉한 땅에서는 짜릿한 풀 냄새가 물씬 올라와 코를 자극한다.

비로사에서 내려오는 길이었다. 갑자기 길옆 계곡 아래에서 손을 씻던 학생 서너 명이 후닥닥 뛰쳐나왔다. 땅벌 집을 밟은 모양이었다. 학생은 정신없이 도망갔지만 이미 여러 군데 쏘였다. 영화의 한 장면이 내 눈앞에서 벌어지고 있었다. 그때 내 목덜미도 따끔 하는 느낌이 들었다. 놀라서 손으로 막 털어 냈지만, 상황은 끝난 뒤였다. 다행히 많이 아프지는 않았다. 그런데 큰 문제는 다른 곳에서 벌어졌다. 뒤따라오던 한 동료가 허벅지에 쏘인 것이다. 잠깐에 동공이 풀어지고 의식을 잃었다. 옆에 있던 동료가 급히 심장 마사지를 하고 119에 구조요청을 했다. 병원에서 해독제를 맞고 깨어났지만 삶이란 순간이라는 생각이 든 사건이었다. 다행히 벌에 쏘인 학생도 조금 붓기만 하고 다음날 정상으로 회복되었다.

춘양 서동리 거포에서 출발한 둘째 날 여정은 '외씨버선길'이란 이름으로 요즘 한창 많이 알려진 곳이다. 봉화 춘양! 이름만 들어도 내 가슴이 설렌다. 삼십 년도 훨씬 지난 햇병아리 교사 시절, 이 지방에서 4년 동안 푸른 청춘을 보냈다. 내 마음의 고향이자 감성의 보석창고이다. 그때 인연 맺었던 순박한 사람들의 얼굴이 하나둘 떠오르고 여행 다녔던 산과 들이 그대로 내 가슴에 차곡차곡 갈무리되어 있기 때문이다. 지금은 큰길이 나고 개량된 집이 많아졌지만, 산과 들판은 예전과 다름이 없다. 울창한 숲, 깊은 계곡 그리고 포근한 산길과 아담한 논밭이 그때 그날처럼 잔잔히 펼쳐진다. 당시 잊을 수 없는 또 하나의 기억은 오일장 구경하는 재미였다. 그 당시 춘양장이라고 하면 전국에서도 손꼽히는 장이었다. 도시에서 자란 내게는 모든 것이 새롭고 신기했다. 잃어버린 역사와 추억의 풍물을 보고 배우고 즐기는 멋진 시간이었다.

야트막한 산길을 오르듯이 천천히 걸음을 재촉하니 도심道心 마을을 만난다. 얼마나 순박한 사람들이 많이 살기에 마을 이름을 도심이라고 했을까. 이곳을 스쳐 지나가기만 해도 도를 닦는 마음이 생긴다는 것일까. 담장 옆에 핀 꽃들이 먼저 손을 흔든다. 흐드러진 봉숭아가 붉은 눈물을 뚝뚝 흘리고, 노란 달맞이꽃과 접시꽃이 줄을 서고, 텃밭에 심은 도라지꽃이 보랏빛과 흰빛으로 아름다운 조화를 이룬다. 특이하게 이 마을은 호두나무가 많다. 주렁주렁 달린 호두알이 작은 사과처럼 보인다. 예전부터 호두나무를 많이 심은 듯하다. 호두를 맨손으로 까다가 두드러기로 고생했다는 동료의 얘기가 전설처럼 아련하다. 구부정한 고샅길을 따라 걸으면 마음도 몸도 평온하기가 그지없다. 모퉁이를 돌아 걷다가 툇마루에 앉아 물끄러미 밖을 보고 있는 시골 할머니도 만난다. 내 어린 시절이 생각나고 그리운 지난날의 추억에도 잠긴다. 아무 생각 없이 걷기만 해도 삶의 찌꺼기가 말끔히 씻겨가는 듯하다.

가파른 산길을 오르니 곳곳마다 '외씨버선 길'이란 아담한 팻말이 길을 안내한다. 임도 옆으로 난 숲에는 미인송이라는 아름드리 춘양목이 하늘을 찌를 듯 줄을 서 있다. 아름답고 미끈한 가운데 늠름한 기상이 풍긴다. 저렇게 곧고 굵으니 조선 시대 궁궐의 기둥이나 대들보로 쓰일 수밖에 없지 않은가. 지금도 문화재 보수를 하거나 오래된 한옥을 재건축할 때면 금강송이라 불리는 이 춘양목을 찾는다고 한다. 나무 옆에서 바라보고만 있어도 마음도 몸도 그를 닮아 곧고 튼실하게 물드는 것 같다. 숲으로 들어가서 한참 동안 나무에 손과 귀를 대 보았다. 맑은소리가 들린다. 솔바람 소리와 계곡 물소리도 나더니 잠시 뒤엔 짙은 솔 향만 코를 자극한다. 눈을 감고 가만히 그의 숨소리도 들으려고 해본다. 녹색 잎, 회색 잔가지, 적갈색의 윗줄기가 전체적으로 초록빛을 풍기며 눈을 더욱 시원하게 한다. 그 옛날 화랑들이나 도인들이 수양하는 곳도 이런 소나무 아래였으리라.

백두대간의 주맥인 주실령으로 가는 길에 들어섰다. 봉화 춘양면 서벽에서 '오전梧田약수탕'으로 통하는 고개 정상이 주실령이다. 딱딱한 도로를 피해 길옆 숲길을 택했다. 아직 사람들이 많이 다니지 않아서 거칠지만 개척하는 의미로 걸으니 재미도 쏠쏠했다. 이런 길은 제일 앞에 선 사람이 지팡이로 조심해서 풀 숲길을 헤치며 걷는다. 혹시 산책 나온 뱀을 밟아 어려움을 겪을 수 있기 때문이다. 비가 오다 그치다 되풀이하는 날이기에 숲은 텁텁하다. 계곡 물과 녹음에 시원하지만, 목덜미는 땀으로 가득하다.

드디어 주실령 산마루에 올랐다. 두 팔을 벌리고 만세를 불렀다. 잿빛 하늘이지만 더 가까이 있는 느낌이다. 오늘 일정은 임도를 따라 박달령을 거쳐 '오전약수탕'까지다. 길이 있기에 길을 떠났고, 길을 통해 나를 돌아보고 내일을 설계하려고 떠난 여정이다. 아무 생각도 없이 텅 빈 머릿속이 시원하다. 능선에 걸린 구름을 쳐다보며 잠시 생각에 잠긴다. 길에서 길을 찾고, 길을 걸으며 또 다른 나를 만나고 재충전한 시간이다. 삶의 중턱을 넘긴 나이지만 내일은 아무도 알 수가 없다. 길을 통해 만나고 묻고 걸을 뿐이다.

밤길

저녁 9시 뉴스가 끝나자 산책길에 나선다. 커피 한 잔 식을 시간 걸으면 신천 둔치에 다다른다. 올해는 비가 잦아 강수량이 만만찮다. 물결은 출렁거리고 둔치 길에는 산책하는 사람들로 붐빈다. 십여 년 전만 해도 도심에서 밤 산책은 많지 않았다. 운동장이나 공원이 아니면 편안히 걸을 곳은 적었고, 도로엔 매연과 소음으로 오히려 건강을 해칠 수 있었기 때문이다.

흙길 입구에서 시원한 바람이 먼저 인사를 한다. 물막이 보에 한 중년 남성이 낚시를 하고 있다. 텁수룩한 수염, 운동모자 사이로 삐죽삐죽 나온 긴 머리가 인상적이다. 물은 겨우 무릎까지 올까 말까 한 깊이지만 찌를 바라보는 표정이 진지하다. 저렇게 낚시를 하고 싶을까? 이 한밤에 이런 곳에서 낚시를 하다니.

"고기가 있습니까?"

슬며시 말을 건넸다.

"그냥, 재미삼아 이러고 있지요. 피서도 할 겸."

물속 비닐봉지에 피라미 몇 마리가 입만 벙긋거리고 있다. 그는 재미로 하는지 모르겠지만, 물고기들은 생사가 달린 것이 아닌가. '나중에 다시 살려 줄 것인가?' 누군가 낚시는 인생을 낚는다고 하던데.

산책길로 들어섰다. 애송나무 두 그루 크기의 폭으로 만들어진 흙길은 시골 들녘 같다. 풋풋한 풀냄새가 코를 자극하고 허리까지 자란 풀들이 바람 따라 하늘거린다. 철 이른 코스모스가 강아지풀 사이에서 춤을 추고, 무리 지은 망초의 허연 꽃송이가 밤길을 환하게 밝힌다. 얼마 전부터 밤이면 활짝 핀 달맞이꽃이 사랑스럽다. 꼿꼿이 선 꽃대가 참깨와 닮았다. 노란 꽃잎을 하나 따서 돌 벤치에 앉았다. 남미 칠레가 원산지인 귀화식물로서 '월견초月見草'라는 이름으로도 불린다. '달맞이꽃'이란 노래를 가만히 흥얼거린다. '기다림'이라는 꽃말을 떠올리니 애잔한 느낌이 든다. 기약 없는 기다림에 지쳐 꽃으로 변한 애절한 인디언 처녀의 전설도 생각해본다.

능선에 걸린 별을 바라보며 잠시 유년 시절로 시간여행을 떠난다. 초등학교 시절 여름방학이 되면 나는 시골에 있는 외가로 가곤 했다. 그곳에는 동갑의 외사촌과 세 살 위의 막내 이모가 있었기에 더욱 즐겨 찾았다. 사립문 입구에서 버선발로 반겨주시던 외할머니의 얼굴이 살아나고, 외양간 암소의 굵은 눈망울도 떠오른다. 시골의 밤 산책은 낮과는 다른 매력을 안겨 주었다. 동구 밖 아카시아 숲을 따라 봇도랑으로 이어진 길은 풀벌레 소리가 반겨주었고 외사촌과 함께 걸으며 무슨 얘기가 그리 즐거웠는지 연방 웃고 했던 추억이 아스라하다. 희붐한 달밤 원두막을 찾아가던 날, 무르익는 과수원의 과일도 쏟아지는 별빛 속에 더욱 아름답던 밤이었다.

물 건너편 도로에는 가로등 불빛 따라 차들이 꼬리를 문다. 천천히 걷는 걸음이지만 발끝의 감촉은 보드라운 아기의 볼에 입을 대는 느낌이다. 이따금 스치는 사람마다 얼굴이 환하다. 모두가 즐거운 모양이다. 밤의 서늘함과 가로등 불빛에 일렁이는 나무 그림자가 신비한 세계를 만든다. 길을 따라 흐르는 물소리가 경쾌하다. 애절하게 누구를 부르는 듯하다. 낮은 곳으로만 흐르는 물의 지혜. 바위를 만나면 돌아가고 보를 만나면 쉬었다가 간다. 바쁜 것도 안타까운 것도 없이 묵묵히 아래로만 흐를 뿐이다. 나뭇잎이 떠가고 물오리가 이따금 갈대숲에서 몇 마리 고개를 내민다. 마음은 어느새 물소리와 어우러진다. 흥에 겨워 절로 콧노래도 나온다. 나도 모르는 사이 자연의 일부분이 된 느낌이다.

밤길의 참된 매력은 지난 시절을 꺼내보는 추억에 있다. 어둠이 깊어갈수록 정신은 또렷해진다. 잊고 지냈던 유년의 친구들 모습이 떠오른다. 늦골 아래 갈무리 되어있던 내 기억이 천천히 동영상 되어 지나간다. 어린 시절은 모두 그리움과 기다림의 실체일 것이다. 누군가 '그리움은 만날 수 없는 기다림이고, 기다림은 만날 수 있는 그리움'이라고 한 말에 고개를 끄덕인다. 만질 수도 볼 수도 없지만, 그들은 내 가슴 한 모퉁이에서 조용히 숨 쉬고 있다.

어느새 흙길의 끝에 도착했다. 밤길에는 낮에 잊고 지냈던 다른 나를 발견한다. 오늘 하루 얼마나 얼굴 붉히는 일이 있었던가? 조용히 돌아보는 시간도 가진다. 모든 것이 평화롭다. 눈을 감으면 사랑도 미움도 별이 된다. 낮과 밤이란 천체의 순환에 의한 단순한 자연현상이지만 감정은 밝음과 어둠이란 상태에서 다른 해석을 하게 된다. 밤길에는 서두름보다 차분함이 앞장서서 길을 안내한다. 정열적이고 역동적인 것보다 낭만적이고 정적인 생각이 먼저 떠오른다.

별똥별 하나 길게 꼬리를 끌고 사라진다. 무념무상의 세계이다. 산책의 마무리는 영혼조차 맑아지는 시간이다. 한 시간이 지났을까. 건너편 숲에서 밤의 정령들이 숨죽이고 손을 흔든다. 가만히 심호흡하니 하늘이 머리 위에 낮게 내려와 있다. 알 수 없는 내일이 고개를 들고 기지개를 켠다. 돌아갈 길가의 달맞이꽃만 노랗게 달밤을 수놓는다.

회룡포여! 회룡포여!

비몽사몽이다. 전날 잠을 설쳤다. 예전엔 설렘과 두근거림으로 날밤을 새우는 일도 흔했다. 미지에 대한 막연한 기대와 기쁨이 있었기에. 어젠 왜 못 잤을까? 늦은 밤 커피 유혹에 무너진 탓일까. 최근에는 많이 변한 것 같다. 마음만 먹으면 쉽게 여행을 할 수 있고 한 달에 몇 번씩 가기도 하기 때문이다. 가장 중요한 요인은 어떤 모임에서 누구와 같이 가느냐가 운치와 맛의 대부분을 결정하게 된다.

반갑지 않은 소식이다. 비가 온다는 일기예보이다. 궂은 날씨라 버스 안의 공기는 텁텁하다. 수증기가 부옇게 유리창을 덮어 밖의 경치가 잘 보이지 않는다. 연신 휴지로 닦지만 투명하지가 않다. 한 시간 정도 달렸을까? 홀연 창밖 풍경이 확 바뀐다. 이럴 수가? 나무마다 눈이 소복이 쌓여 있는 것이 아니가. 시절이 봄의 중턱인 4월 하순인데. 조금씩 내리던 비가 눈으로 바뀐 모양이다. 서설에 저절로 흥이 난다. 차 안이 소란스러워진다.

경북 예천 지방 문학기행 길이다. 눈비 쏟아지는 용문사를 뒤로 하고 다음 여정인 회룡포로 달리던 버스가 갑자기 기우뚱한다. 짧은 거리의 고개를 넘는 듯 경사와 굽이가 보통이 아니다. 어렵사리 회룡포 전망대로 향하는 주차장에 미끄러지듯 한 바퀴 돌아 천천히 들어선다. 조금 전까지 부슬거리던 눈비가 잠시 주춤한 듯 비안개만 자욱하다. 형형색색 우산 꽃이 길에 핀다. 전망대 중턱 장안사 입구 길은 흙탕길이다. 게다가 도로 보수공사를 하느라 파헤쳐 놓았기에 진흙이 신에 달라붙어 걷기가 불편하다. 흙냄새가 싫지는 않았다. 장안사 한쪽 모퉁이에서 온몸이 검은 털로 눈까지 덮은 개를 만났다. 삽살개와 비슷하지만, 모양이 독특하다. 느긋한 자세로 앉아 있는 모습이 수행하는 부처님 형상이다. 티베트 지방의 개라고 설명하는 다른 나그네의 말에 반신반의하며 다시 한 번 찬찬히 살펴보았다. 쓰다듬고 싶었지만 조심하라는 경고문에 기념사진만 찍었다.

차 한 잔 식을 시간을 걸어 비룡산 전망대에 올랐다. 희뿌연 운무 속에 회룡포回龍浦 마을이 눈에 안긴다. 회룡포라. 용이 비상하면서 물을 휘감아 돌아간다는 전설이 담긴 물돌이 마을이다. 영월의 청령포와 안동의 하회마을이 같은 지형인 감입곡류 하천이다. 마을 전체가 작은 육지로 연결된 말 그대로 육지 속의 섬. 낙동강과 내성천이 마을을 감돌아 나가는 모습이 신비롭다. 마치 경주 포석정에서 술잔을 띄우고 멋진 시 한 수에 풍악 소리와 함께 잔이 돌아가는 아름다움을 불러온다. 멀리 나지막하지만, 병풍처럼 둘러친 산이 비안개와 함께 손에 잡힐 듯 아스라하다. 뭍에서 내리뻗은 검푸른 솔숲이 한 획을 그은 듯 마을 중앙을 나누고, 강변의 모래밭은 맑은 물과 색상 대비를 이루어 나그네의 가슴을 설레게 한다.

빼어난 경치에 강을 끼고 치솟은 절벽 위에는 전망대나 정자가 자리한다. 그곳엔 예로부터 이름난 선비나 글쟁이들이 경관과 운치를 글로 지어 걸어놓는다. 허나 이곳 전망대인 회룡대回龍臺는 세워진 지 오래되지 않았기에 내로라하는 시인묵객의 글이 보이지 않아 섭섭했다. 좀 더 일찍 개발되어 정자를 지었으면 좋았을 것을. 아쉬움이 인다. 글재주가 둔한 나도 비가 흠뻑 내린 날 이곳에 앉아 끊임없이 감돌아 흐르는 물을 보며 시상을 가다듬고 싶어진다. 시간이 흐르면 인생의 덧없음과 자연의 무궁함을 절절히 토로하는 시인들도 많이 나타나리라는 기대감에 한참을 서성거렸다.

정상 옆길로 난 봉수대 방향으로 홀로 걸음을 옮겼다. 발밑에는 솔 갈피가 수북이 쌓여 탄력 있는 융단 위를 걷는 기분이다. 한 모롱이 돌아가니 눈에 확 안기는 연분홍 꽃잎의 나비 떼! 활짝 핀 왕벚나무 한 그루가 황홀한 자태를 뽐내고 있다. 대구엔 벚꽃 잔치가 끝난 지 오래되었건만 산속이라 늦게 만개한 모양이다. 아무도 봐 주지 않는 숲 속에서 홀로 고고한 멋을 자랑하고 있는 절경에 가슴이 짜릿하다. 솔가지 사이로 회룡포가 보이는 숲. 봄이 익어가는 소리로 분주하다. 내 언제 다시 이곳에 와서 느긋이 굽어 도는 물을 감상할 것인가. 알싸한 숲의 냄새에 취해 잠시 자신을 한번 돌아보았다.

버스는 두어 번 덜컹거리더니 잘 정비된 주차장에 얌전히 멈춘다. 비가 내린 탓일까? 넓은 주차장이 텅 비었다. 회룡포 마을로 들어가는 길목이다. 내를 가로지르는 다리가 눈에 들어온다. 예전에는 외나무다리로 된 것을 지금은 관광지로 개발되고 사람들이 많이 붐벼 쇠 철판으로 된 일명 '뽕뽕다리'로 만들어졌다. 바닥에 구멍이 뚫려있고 걸을 때마다 뽕뽕 소리가 난다고 이름이 그렇게 지어졌다고 한다. 막상 흔들거리며 걸어보니 실제는 삐걱거리는 소리만 들리는데 왜 뽕뽕이라 했을까? 학창시절 김천 개령에 있는 외가에 갈 때면 건너곤 하던 감천의 철판 외나무 다리와 같아 그 시절이 다시 떠오른다. 물이 맑기가 거울 같다.

둑 위로 올라서니 마을을 한 바퀴 둘러볼 수 있는 둘레길이 잘 가꾸어져 있다. 주말을 맞아 외지서 야영하러 온 가족들이 친 텐트가 몇 개 보인다. 한쪽에 걸친 그물침대에 누워서 여유롭게 흔들거리는 모습이 평화롭다. 이국의 어느 휴양림에 온 느낌이다. 보고만 있어도 여유와 편안함이 가슴에 전해진다. 길게 뻗은 둑길은 왕벚나무로 이어진다. 연분홍 잎들이 꽃불을 켠 듯 환하다. 시간이 허락하지 않아 전체를 다 돌아보지 못한 것이 안타까웠다. 일행에서 빠져나와 혼자 물가 모래밭을 걸었다. 아무도 걷지 않은 곳에 푹푹 빠지면서 두 줄로 길게 난 내 발자국을 보니 미지의 세계에 혼자 던져진 듯한 야릇한 감흥도 생긴다.

창밖은 어둠이 깔린다. 오늘 여정을 가다듬어본다. 무엇을 보고 느끼고 담고 돌아가는가. 그저 아득할 뿐 아무 생각도 나지 않는다. 아무것도 없어도 좋다. 단지 같은 글쓰기 모임에서 마음이 닿는 좋은 사람들과 짧은 삶의 기록을 남겼을 뿐이다. 느낌도 절절함도 없었지만, 여행은 언제나 나를 돌아보고 비추는 창이다. 눈을 감아도 전망대서 바라본 회룡포가 아른거린다.

강진에서 다산선생을 뵙다

  강진의 다산초당 앞에 서 있다. 새털구름이 하늘을 덮어 화창하지가 않다. 첫눈에 들어온 초당의 모습. 생각보다 초라해 적잖은 실망을 했다. 선생은 이런 곳에 거처하면서 그렇게 뛰어난 저서를 남기셨단 말인가? 유배지임을 알지만 내 마음속과는 너무 차이가 났기에 안쓰러웠다. 찬찬히 집 주위를 둘러보았다. 원래는 초당이지만 얼마 전 복원할 때 지붕을 기와로 바꾸었다. 추사의 글씨를 집자 해 만든 현판이 인상적이다. 발밑에는 어지럽게 흩어진 낙엽들이 누워 있고 퇴색한 기둥과 다산선생이 수없이 만졌을 문고리가 또렷이 눈에 들어온다. 멀리 산 아래를 굽어보며 잠시 눈을 감는다. 십팔 년이란 귀양살이를 하면서도 자신의 처지를 한탄하기는커녕 후진양성과 불후의 저서를 남긴 선생의 일생이 떠올라 가슴이 쓰리다. 처음 귀양을 왔을 때 자기를 피하는 사람들을 원망하지 않고 도리어 자기 생각과 말과 행동을 맑고 곧게 해서 자신을 추스른 일은 생각만 해도 아리다.

조금 전 마을 입구에서 다산의 업적과 일생에 대해 간략한 설명을 들은 일이 떠올랐다. 선생의 제자 중 한 후손으로 강진 군수를 지냈다는 그의 목소리는 낭랑하고 청아했다. 물 흐르듯이 이어진 설명에 모두 넋을 잃고 취했다. 다신계茶信契 이야기에서는 부드러우면서도 또렷하다. "모임의 쌀은 잘 건히고 있느냐? 예, 축나지 않고 잘 모이고 있습니다." 전해지는 기록을 외우면서 풀이하는 후손의 얼굴에서 그 옛날 다산의 모습이 겹쳐지기도 했다.

약천의 물을 길어 차를 다렸다는 평평한 바위 다조를 보니 어디선가 은은한 차 향기가 풍기는 듯하다. 제자들과 강론을 하며 쉬는 시간이면 이 다조에서 우려낸 차를 마시며 정을 나누었으리라. 대여섯 걸음 옆 연지에 있는 잉어들이 노는 모습을 보며 주고받던 대화도 들리는 듯해 숙연히 옷깃을 여미게 한다. 조금 떨어진 동암으로 걸음을 옮겼다. 반질반질한 툇마루에 앉아 당시를 회상했다. 좁은 방이었지만 수많은 책을 보관하고 손님들을 접대하며 그 유명한 목민심서도 여기서 집

필했다고 기록에 전한다. 일행 중 한 문우가 툇마루에 점잖게 앉아서 "예전에 다산 선생이 이렇게 앉아 사색에 잠겼겠지." 라고 말을 하니, 다른 문우가 "아니, 그곳보다 여기 더 많이 앉았을 거야."하며 댓돌 아래 바위에 걸터앉으며 함께 크게 웃었다.

　다시 발길을 백련사 쪽으로 향했다. 드문드문 떨어진 낙엽을 밟으며 오르는 길은 편안하고 포근하다. 숲을 보호하기 위해 마른 대나무로 인공 담을 만들어 놓은 모습도 정겹다. 이 길은 다산이 차를 통해 마음을 나누던 혜장선사를 만나러 가는 소통의 장소였다. 말라가는 풀 향기가 산길을 뒤덮는다. 다산은 무슨 생각을 하며 산을 넘었을까? 선생이 수없이 걸었을 이 길을 별 느낌 없이 터벅터벅 걷는 나 자신이 부끄럽다. 다산이 제자들에게 남긴 몇 가지 당부가 다시 떠오른다. "동트기 전에 일어나라. 기록하기를 좋아하라." 이 두 가지가 없었다면 그도 그렇게 많은 업적을 남기지 못했으리라. 난 지금 이런 습관을 지니고 있는지 스스로 반문해본다.

　만덕산 정상을 지나 한쪽에 자리한 해월루海月樓에 올랐다. 높다란 이층 다락으로 지어진 누각이다. '낮에는 강진만의 푸른 바닷물을 보고 사물에 해방되어 편안한 마음을 기르고,

밤에는 떠오르는 달을 보고 자기를 희생하여 남에게 베푸는 일을 하기 위한 원기를 기르자.'는 의미로 이름이 지어졌다고 한다. 멀리 강인 듯 바다인 듯 강진만이 눈앞에 그림처럼 펼쳐진다. 반듯반듯하게 경지정리가 되어 누렇게 익어가는 들판 뒤로 바다가 있고, 그 너머 다시 넘실거리는 물결같이 첩첩이 겹친 산이 병풍을 친 듯 아스라이 뻗어 있다. 다산선생도 여기서 황금 들판을 바라보며 사색에 잠기고 세상을 관망하였을 것이다. 호랑이보다 더 포악하게 백성을 착취하는 부패한 관리들을 보며 탄식을 했고, 위정자가 걸어야 할 바른길을 조목조목 글로 남기며 고뇌에 잠겼을 것이다. 질서가 무너지고 거짓이 넘치는 오늘이 예전의 그날과 무엇이 다를까 곰곰 생각에 잠긴다.

한 뼘 손바닥 거리에 보이는 백련사 가는 길은 짙푸른 야생차밭과 무성한 동백숲으로 연결된다. 문우들의 걸음이 사뿐사뿐 하다. 흥겨운 콧노래도 나온다. 강진만을 배경으로 파랗게 줄을 선 녹차 밭이 무르익는 가을 기운을 뿌린다. 새털구름이 하늘을 수놓는 가을 햇살도 다정한 친구처럼 어깨를 감싼다. 동백 숲으로 이어지는 풀숲엔 물봉선, 노루오줌, 고마리, 구절초 등의 야생화가 곳곳에 누워 있다. 혜장선사와 천천히 걸으며 차를 얘기하고 시국을 토론하고 백성의 삶을 걱정하던 다산의 마음이 다시 떠오른다.

어디서 재잘거리는 아이들 소리가 들린다. 백련사 입구 동백 숲에서 체험학습 온 학생들이 우르르 쏟아져 나온다. 귀엽다. 그들도 늦가을의 강진을 누리러 왔으리라. 느긋한 햇살을 품은 절집이 눈앞에 막아선다. 절 어귀에서 귀를 쫑긋 세운 백구 한 마리가 주인인 양 느긋이 누워 방문객을 맞이한다. 두어 걸음 옮기니 대웅전의 오래된 단청이 맛깔스럽다. 많이 퇴색은 했지만 고풍스러운 멋이 옛 친구인 양 다정하다. 단아하면서도 품격이 있는 가람 배치는 사람을 편안하게 해 준다. 돌담 위에서 우연히 흰 꽃을 피운 바위솔 한 그루를 만났다. 기품 있게 곧게 핀 와송을 보며 감탄을 한다. 동국진체東國眞體를 완성한 원교 이광사가 썼다는 대웅보전 현판 글씨는 힘이 뭉클뭉클 솟아난다. 만경루에서 바라본 강진만은 아스라이 떨어진 호수 같다.

동백 숲을 통해 내려오는 길은 가을이 성큼성큼 걸어가고 있다. 개화기가 아니라 꽃은 보지 못했지만, 핏빛보다 붉게 핀 꽃이 통째로 뚝뚝 떨어지는 모습은 상상만 해도 황홀하다. 다산 선생은 동백꽃을 보고 무슨 생각에 잠겼을까? 느긋이 걸으며 웃고 얘기하는 문우들의 뒷모습이 훈훈하다. 오늘 걸어온 강진의 풍경 속에서 다산 선생의 모습이 보이는 듯하고, 글을 읽고 제자를 가르치고 차를 즐기면서 웃는 소리가 환청처럼 지나간다. 주차장에서 바라본 강진만의 하늘은 흰 구름과 어울려 묘한 조화를 이루고 다음 행선지로 가는 내내 가슴이 따뜻해진다.

지도리

요즘은 아침에 일어나면 기분이 산뜻하지가 않다. 가볍게 스트레칭으로 몸을 풀어 보면 곳곳에서 우두둑 소리가 난다. 쌓인 세월의 힘을 이기지 못한 육신이 신호를 보낸다.

얼마 전 오래된 한옥을 방문한 일이 있다. 사람이 살고 있었지만, 보수를 오래 하지 않았기에 많이 낡은 집이었다. 과거와 현재가 섞인 듯했다. 긴 세월의 시달림에 문짝이 조금 비틀리고 색도 퇴색해져서 안타까웠다. 그때 반들거리는 쇠가 내 눈에 들어왔다. 문을 여닫는 축 역할을 하는 문지도리였다.

오랜 시간 비바람을 그대로 받는 문짝은 썩기 마련이다. 강함에 대처 없이 맞서기 때문이다. 문은 변화가 없고 움직임이 적어 정체되었기에 부드러움을 갖지 못한다. 그런데 문지도리는 오래되어도 반짝반짝 빛이 나고 있다. 가만히 살펴보니 부드럽게 끊임없이 움직인다는 사실을 알았다.

지난해 겨울 지리산 천왕봉 산행 때이다. 초입부터 길이 만만치가 않았다. 눈 쌓인 산을 일부러 찾아왔지만, 산길만 빼꼼히 보일 뿐 온통 흰 이불로 덮인 등산길은 아름다움을 넘어 경외감마저 들었다. 가볍게 흩날리는 눈이 입안으로 들어왔다. 앞사람이 다져놓은 길을 천천히 오르며 깃털보다 가벼운 눈을 맞고 올랐다. 부드러운 아이의 피부 같았다. 가쁜 숨을 몰아쉬며 잠시 휴식을 하고 있을 때였다. 갑자기 '쩡쩡' 하는 소리가 들렸다. 계곡 저 아래의 소나무 가지가 부러지는 소리였다. 옆을 돌아보니 가지마다 소복이 쌓인 눈의 무게를 이기지 못해 축 늘어져 있는 나무가 많았다.

강함과 부드러움에 대해 생각해보았다. '강한 자가 살아남는다.'는 단순한 논리로는 강함이 유리한 것 같지만, 세상은 꼭 그렇지만은 않은 모양이다. 길 가는 나그네의 옷을 벗기는 힘은 차갑고 강한 바람이 아니라 따뜻하고 부드러운 햇볕이라는 것이 이솝우화에도 나타난다. 입안만 보더라도 나이가 들수록 강한 치아는 사라지고, 부드러운 혀만 살아남는다고 옛사람이 글에서 얘기한다.

최근 들어 강의하기가 부쩍 힘이 든다. 학생들이 변화하는 속도가 너무 빠르다. 모든 것이 아날로그에서 디지털 시대로 바뀌고 있다. 정보사회로 뛰어가는 현실에 적응이 어려워서 일까. 변화에 대처하지 못해서일까. 나 자신이 답답하고 안타 깝다. 중학교 삼 학년이지만 주의집중이 십 분을 넘지 못한 다. 아이들은 그저 자기 하고 싶은 대로 하려고 한다. 좋은 말 로 타일러보지만 '소귀에 경 읽기'이다.

K라는 학생은 고삐 풀린 야생 망아지 같았다. 몇 해 전에 졸업한 그의 형이 모범생이었기에 더욱 반발이 심한지도 모 른다. 수업시간 교실에 늦게 들어와서도 끊임없이 다른 학생 들을 찝쩍대거나 잠만 잔다. '질풍노도의 시기'임을 잘 알지 만, 대책이 서지 않는다. 차분히 주의하라고 경고하여도 대들 기가 일쑤다. 엄하게 혼내보지만, 그때뿐 잠시 지나면 또 처 음의 상태로 돌아간다.

어떻게 할까 오랜 시간 고민을 했다. 강하게 맞서서 벌을 주면 순간만 모면하려 할 뿐 돌아서면 언제 그런 일이 있었느

냐는 식이었다. 내가 마음을 열기로 했다. 수업시간마다 쉬운 질문으로 수업의 참여를 유도하여 칭찬했다. 칭찬과 부드러움에 녹지 않는 것이 있을까? 조금씩 공부에 흥미를 느끼고 과제도 하기 시작했다. 이따금 예전의 버릇이 살아났지만 과격함은 많이 사라졌다. 그보다 나 자신이 즐거워졌다.

"선생님 정말 잘못했습니다."

졸업식을 마친 오후, 텅 빈 교무실로 한 학생이 들어왔다.

"수업시간에 너무 말을 안 듣고 마음대로 행동해서 죄송합니다."

울먹이며 고개를 숙인 그의 행동에 내가 어리둥절했다. 가슴이 짜릿해지고 울컥 무엇이 차오르는 것 같았다. 말없이 손만 꼭 잡아주었다.

얼마 전부터 맛을 들이고 있는 사물놀이를 떠올린다. 빠져들수록 장구와 북의 리듬이 내 마음을 편안하게 한다. 두드리고 있는 동안 삶의 찌꺼기들이 빠져나가는 것 같다. 강약의 조화 속에서 부드러움이 더욱 빛을 낸다. 경쾌하고 투명한 소리를 내려면 힘을 버리라고 한다. 채를 잡은 손과 어깨에 비움으로 채운다. 허공에서 자연스럽게 내려와 장구를 치는 순간 힘이 빠지고 탄력으로 소리를 낸다.

늦은 저녁 장구채를 잡은 손이 가볍게 춤을 춘다. 짧은 장
단을 입에 물고 웃음 띤 소리를 낸다. '덩 덩 쿵따쿵 따 쿵 쿵
따쿵.' 휘모리장단을 탄 궁굴채가 허공으로 날아오르는 한 마
리 왜가리가 된다.

'천천히' 그리고 '느긋이'

　무더위가 절정이다. 아침부터 짜릿한 햇살이 눈을 부시게 한다. 목이 따갑게 우는 매미 소리가 하늘의 뭉게구름 뒤를 쫓고 있다. 창을 열어도 바람보다 따가운 볕만 성큼 손을 내민다. 건너편 숲의 검푸른 녹음은 신이 난 듯 넘실거린다. 몸보다 마음이 먼저 푹푹 찌는 날이다. 쫓기듯 살아온 자신을 돌아보라는 뜻인가. 뭐라 내세우며 한 일도 없으면서 매일 허둥거리며 사는 내게 무엇인가 주는 메시지일지도 모른다.

　'천천히'와 '느긋이'의 화두에 빠진 일이 있었다. 무엇인가를 하지 않고는 가만있지 못하는 내 성격이 싫었다. 열심히 하지 않으면 아무것도 이룰 수 없다는 순리는 알지만, 그 행위에 빠져 허덕이는 자신에게 싫증이 났다. 얼마 전 작고한 장영희 교수의 수필에서 읽은 '무위의 재능'의 인물이 부러웠다. 서머셋 모옴의 작품에서 '아무것도 하지 않을 수 있는 능력'을 가진 여자를 부러워하는 이야기이다. 책을 읽지 않았기에 구체적인 내용은 알 수 없지만, 역설적으로 대단한 능력이다. 마음으로 몸의 일을 할 수 있을 때 가능한 일인지도 모르겠다. 나는 남보다 크게 치밀하거나 세심하지는 않지만 노력하는 성격이기에 몸과 마음이 바빴다. '천천히'의 즐거움과 가치도 잘 알지만, 몸에 붙지를 않았다. 자투리 시간이 날 때에도 무엇인가 해야 한다는 강박관념에 갇혀 살았다. 휴가 며칠이라도 느긋함을 찾아 즐기고 싶었다.

첫째 날, 앞산 용두골 숲을 찾았다. 범물동과 상인동을 잇는 순환도로 터널 공사가 진행 중이라 기슭은 삭막했다. 신천 물막이 보를 건너자 온몸이 땀으로 젖었다. 더위 탓일까? 산길에는 사람이 보이지 않았다. 한참 올라가려다 문득 이런 생각이 들었다. 아등바등 살지 않고 휴식을 위해 산을 찾았는데, 나도 모르게 의무적으로 정상을 향해 오르는 것은 아닐까? 조금 걷다가 중턱의 벤치에 앉았다. 땀을 식히며 천천히 둘러보았다. 산 정상에서 보는 구름과 중턱에서의 구름은 별반 다르지 않았다. 똑같은 하늘과 구름이다. 아예 벤치에 누워 하늘을 우러렀다.

다음 날 아침 연꽃이 보고 싶었다. 한 주일 전 함양 상림공원에서 본 연꽃이 눈에 어른거렸다. 상림 연지에는 온갖 연이 다 피어 있었다. 막 눈을 비비려는 홍련 봉오리 몇 송이가 인상 깊었다. 그 분위기를 찾으러 가까운 화양의 유등지로 핸들을 잡았다. 연으로 둘러싸인 아담한 정자. 군자정君子亭 옆에서 서너 명이 낚시를 하고 있었다. 아내와 함께 한쪽에 자리를 잡고 그들을 지켜보았다. 물고기들의 식사시간이 아닌지 찌가 꼼짝을 하지 않는다. 멍하니 턱을 괴고 앉아서 수면만 바라보는 모습이 돌부처 같다. 저들은 물고기를 낚는 것일까, 세월을 낚는 것일까? 나는 늘 활동적인 취미활동을 즐기며 살아왔다. 정적인 활동보다 동적인 움직임으로 살아가는 것에 보람을 느끼며 살았다. 갑자기 오늘은 낚시꾼의 느긋한 움직임이 한없이 부럽게 느껴졌다. 저 여유와 느긋함! 나와 아내 또한 낚싯대를 드리우고 있는 것처럼 한참을 가만히 지켜보고 있었다.

셋째 날은 휴가 전에 친구와 여행을 계획한 날이다. 열대야가 절정을 달린다. 너무 더운데 움직일 수 있을까? 이런 날에는 시원한 곳에 가만히 있는 것이 최고인데. 의논 끝에 바다보다도 가까운 계곡으로 가기로 했다. 팔공산 뒤편 신령의 치

산계곡으로 목적지를 정했다. 계곡 입구부터 솔 향이 코를 찌른다. 물에 손을 담그니 더위가 순식간에 사라진다. 숲의 고요와 계곡물 소리, 수채화 닮은 산 그림자가 몸과 마음을 파랗게 물들인다. 이렇게 맑은 계곡에 발을 담근 적이 언제였을까? 함께 한 친구도 아무 말이 없다. 몇 년 전만 하더라도 같이 모이면 이야기가 끊이지 않았던 친구이다. 하지만 점점 나이가 들어가며 느긋함의 즐거움을 알아가는 것일까? 바쁘게 말하지 않아도 어떤 생각을 하는지, 어떤 것을 느끼는지 알 수 있는 듯하다. 간간이 주고받는 대화에도 시간이 훌쩍 지난다. 유리알처럼 투명한 물속은 모래알까지 셀 수 있을 듯하다. 피라미들이 도망가지도 않고 발가락에 입맞춤한다. 느긋함이 이런 것인가?

마지막 날은 가깝지만, 계곡이 깊고 물이 많기로 소문난 수태골로 피서가기로 정했다. 가까운 곳에서 숙박했기에 일찍 물가에 자리 잡았다. 뉴스를 통해 들려오는 대구 기온은 아침부터 숨이 막히게 한다. 바위를 타고 흐르는 명당 물가에는 빼곡한 사람들로 공간이 없다. 소나무 아래의 삼림욕은 아니지만, 젊은이들의 기운이 빨려 와 싱싱한 시간이다. 건너편 작은 공간에 머리가 허연 노인 두 사람이 바둑에 빠져있다. 왁자지껄하게 물장난하는 아이들로 시내 중심가 같지만, 바둑판만 지그시 바라보는 그들은 한없이 편안해 보인다. 한 손에는 부채를 들고 바둑을 두는 표정이 느긋하다. 멀리서 보고만 있어도 느낌이 전해 오는 것 같다.

자리에서 일어나 계곡 상류로 산책했다. 골짜기마다 사람과 바위와 물이 어울리고 있었다. 한참 헤맨 끝에 계곡과 조금 떨어진 서봉 쪽으로 갔다. 다행히 아무도 없는 아늑한 장소를 발견했다. 물이 없어 조금 텁텁한 느낌은 들었지만 알싸한 숲의 향기가 일품이었다. 나뭇잎을 뚫고 언뜻언뜻 꽂히는 햇살도 밉지 않았다. 눈을 감고 심호흡을 했다. 책이라도 한 권 있었으면 하는 마음도 있었지만 여기선 책도 방해될 것 같았다. 멍하니 앉아 숲을 바라보기만 해도 좋았다. 한 시간 남짓 느긋함의 흉내를 내다가 처음의 자리로 천천히 내려왔다.

길

불볕더위다. 아스팔트에서 모락모락 연기가 나는 듯하다. 속리산 중턱 버리미기재를 넘어가는 길은 활처럼 굽어있다. 발바닥은 부르트고 등줄기에는 땀으로 촉촉하다. 국토순례 이틀째 여정이다. 길에서 삶의 의미를 찾고 극기 훈련을 통해 몸과 마음을 되돌아볼 여유를 가지기 위해 해마다 참가하는 행사이다.

첫째 날. 충북 괴산군 연풍면사무소에서 출발해 조령산 중턱을 거쳐 경북 문경 새재로 넘어오는 길을 걸었다. 내 키를 홀쩍 뛰어넘는 옥수수가 토실토실한 열매를 달고 맞이해 준다. 더위에 시든 호박잎 속에 드문드문 누런 호박이 누웠고 길을 따라 콩잎이 가지런하게 줄을 서 있다. 코발트 빛 하늘을 배경으로 검푸른 숲이 여름의 깊이를 더해가고 영글어가는 벼 포기가 사열하듯 녹색의 물결로 일렁인다. 눈길 가는 곳마다 녹음이 쏟아져 가벼운 콧노래로 걸음이 가볍다. 키 자랑에 질세라 누렇게 익어가는 수숫대가 큰 형님처럼 고개를 쑥 빼고 인사를 하는 길. 걸으면서 그들과 주고받는 교감에 따가운 햇볕마저 사랑스럽다.

　즐겁다. 세 시간 남짓 걸어 도착한 문경 새재 삼관문인 조령관. 땀으로 푹 젖어 피곤하지만, 마음은 가뿐하다. 이제부터는 내리막길로 바닥도 폭신폭신한 흙길이다. 촉촉한 느낌의 길에서 향긋한 냄새가 나는 듯하다. 수백 년 전에 만들어진 이 길을 통해 얼마나 많은 사람이 지나갔을까. 그 옛날 영남의 선비들이 과거를 보러 오르내리던 길. 급제하고 내려오는 선비의 경사스러운 소식을 듣는다는 고을 이름 문경聞慶. 청운의 뜻을 품고 한양으로 갈 때와 급제를 하지 못하고 낙향할 때 선비의 심정은 어떠했을까. 굽이굽이마다 선인들의 사연이 서려 있는 듯해 발걸음이 자주 멈춘다. 말없이 지켜보는 아름드리 소나무 아래로 그때에도 흘렀을 계곡 물만 춤추며 흐른다. 무어 그리 바쁘게 내려갈 필요가 있을까. 바지를 걷어 두 발을 물에 담그고 그 옛날을 상상해 보았다. 시원하다 못해 짜릿하다. 이 순간만은 급제한 선비도 낙방한 선비도 모두 같아 보인다.

둘째 날. 문경 석탄 박물관 입구에서 출발했다. 가은초등을 거쳐 선유동천 나들길을 걸어 충북 괴산 선유동 입구까지 여정을 잡았다. 계곡 물이 맑고 경치가 좋아 경북과 충북이 서로 다른 '신선이 노는 곳'으로 이름을 붙였다. 오솔길로 접어들었다. 개울가에 토끼장이 있다. 흰색, 갈색 토끼 네 마리가 나그네를 반긴다. 그들도 자연의 느긋함을 배워서일까. 손으로 톡톡 쳐도 놀라지 않는다. 토끼장 앞에 '이 길을 지나는 모든 분에게 건강을'이라는 주인의 재치 있는 팻말이 정겹다. 강아지풀, 엉겅퀴, 노루오줌, 구절초, 코스모스, 아카시아……. 둑길 따라 달맞이꽃이 무더기로 피어있다. 짙푸른 녹음을 바탕으로 노란 꽃잎이 하늘거리는 모습. 쪽빛 하늘엔 흰 구름이 두둥실. 걸음걸음마다 황홀하다.

의병장 이강년 기념관 건너편으로 선유동천 나들길이 시작된다. 길은 일곱 벗이 우정을 나누었다는 '칠우칠곡'과 아름드리 너럭바위와 계곡으로 이루어진 '선유구곡'으로 이루어진다. 오 년 전에도 이 길을 걸었지만, 당시에는 입구가 개발되지 않았다. 들머리 길은 나무계단으로 단장하여 처음과 끝이 잘 연결되도록 새로 만들었다. 계곡과 산 사이의 숲길로 이어진다. 옆에는 작은 봇도랑 물이 흐르고 절벽 아래의 경치를 즐기면서 걷도록 한 길이다. 곳곳에 원색의 텐트가 줄을 이루고 물에는 피서객들이 더위를 식히고 있었다. 그들도 여기서는 신선이 되었을까. 다리 밑을 지날 때 마음씨 좋은 한 가족을 만났다. 개울에서 직접 잡아 삶은 다슬기를 먹으라고 건넨다. 한 주먹 얻었다. 걸으며 하나씩 빼먹으니 이 또한 어디서도 맛볼 수 없는 짭짤한 맛이었다.

태고의 신비를 가지고 온갖 바위들이 눕거나 서 있어 기묘한 절경을 이루는 곳. 수천 년의 물길이 세월의 흐름 속에 말없이 흐른다. 잠시 너럭바위에 앉아 유유히 흐르는 물을 바라본다. 저 물과 바위는 예나 지금이나 다름없건만 우리의 인생은 너무 짧지 않은가. 스스로 만물의 영장이라고 높이고, 사색하고 자연을 노래하지만, 그들은 그냥 그곳에 존재하는 자체로 인간을 훌쩍 뛰어넘고 있다. 저 바위와 물 앞에서는 인간이란 작은 모래알에 지나지 않는다. 겸손과 과묵함을 이야기해주는 듯하다. 똑똑하고 어리석고 잘나고 못난 것이 무슨 차이가 있을까. 물에 취해 한참 서성이다가 다시 정신을 가다듬는다.

셋째 날. 충북 괴산 덕양구의 선유동을 지나 속리산 화양계곡이 시작되는 자연 학습원 입구로 접어들었다. 계곡을 끼고 걷은 숲길은 아늑하고 평온했다. 생물을 전공한 J 선생과 나란히 걸었다. 길가의 나무를 관찰하고 사진을 찍는 그에게 연신 질문을 했다. 곳곳에 걸린 나무 팻말을 보면서 설명도 곁들였으니 평소 수목에 관심이 있던 나로서는 호사스런 산행이었다.

　도토리나무의 종류는 대략 여섯 가지가 있단다. 조선 선조 때의 상수리나무 이야기가 전해진다. 임진왜란으로 몽진을 가던 선조 임금에게 산골의 촌부가 묵을 해 진상했다. 그 맛에 반한 선조의 칭찬으로 그 나무를 '수라상에 올린 나무'라는 뜻으로 상수리나무라는 이름이 붙었다. 굴참나무는 나무 기둥에 골이 나 있기에 원래는 골참나무로 불리던 것이 굴참나무라고 이름 지어진 모양이다. 졸참나무는 열매가 군대의 졸卒처럼 작고 길쭉하게 생겨서 졸참나무라 하고, 갈참나무는 늦가을에도 잎이 잘 떨어지지 않고 겨울까지 간다고 해서 가을 참나무에서 갈참나무라고 불린다. 소설 속에도 많이 나오는 떡갈나무는 떡을 만들어 찔 때 떡 밑에 잎을 깐다고 떡갈나무라 하고, 신갈나무는 옛날 짚신을 신을 때 신 밑에 폭신하게 잎을 까는 나무라고 해서 이름이 지어졌다고 내력을 설명해준다.

걸으면서 나무와 풀의 이름을 배우고 그 배경까지 공부하는 순례길! 단풍나무도 각기 잎의 생김새에 따라 다른 이름을 들으니 살아있는 학습이었다. 층계를 지어 가지가 뻗는 층층나무도 만나고, 덤불 속에 허연 꽃을 피우는 사위질빵 풀에 대한 사연도 재미있었다. 장모가 사위를 사랑하는 마음에 튼튼하지 못한 그 풀로 엮어 사위에게 고된 짐을 지지 않게 했다는 얘기에 가슴이 찡했다.

사흘간 내 발로 걷는 길에서 사람과 자연을 만나는 여정이었다. 숫자에 불과한 나이를 잊고 살아있다는 감각을 되찾기 위한 시험대였다. 내 언제까지 이렇게 걸으면서 자연에 빠지고 배우고 보는 여유를 누리겠는가. 백 오십여 리의 짧지 않은 거리이지만 내 삶의 충전재로는 그만이었다. 걸으면서 만난 풀 한 포기, 나무 한 그루가 사랑스러웠다. 걷고 쉬고 먹고 자는 것이 전부지만 더 무엇을 바라지도 생각하지도 않았다. 두 다리의 고마움과 황홀한 하늘, 싱그러운 녹음이면 충분하였다. 마음 가득히 충전된 감성과 즐거움이 내일을 기쁘게 맞이할 뿐이다. 내년에는 또 어디로 갈까?

달빛 사냥

잦아드는 푸른 하늘 위에 은화 하나 또렷하다. 어둠이 느릿느릿 건너편 섬에서 걸어올 즈음 대마도의 저녁이 시작된다. 조금 전까지 산 그림자가 또렷하던 바다도 옷을 갈아입느라 검푸른 물결만 춤을 춘다. 이따금 제집을 찾아가지 못한 갈매기 몇 마리가 날카로운 울음으로 어둠을 맞이한다.

이즈하라* 항구를 벗어난 지 반 시간 정도 지났을까. 민박집인 '夢(YUME)'에 도착하니 서편 섬 사이에서 석양이 머뭇거리고 있다. 불그스름하게 하늘을 물들이며 넘어가는 곳이 아침에 출발한 부산 방향일 것이다. 여름휴가를 맞아 직장 동료들과 여행길. 늦은 저녁으로 피곤한 몸을 달랬다. 섬과 섬으로 연결된 숙소 앞은 방파제로 이어진 바닷길이다. 개와 늑대의 시간*이라 바다 물빛이 인상적이다. 바닷물에 부서지는 달빛이 톡톡 튀어 오르는 느낌이다. 달빛이 너무 아까워 동료 C와 주변 산책을 나섰다. 동서로 길게 뻗은 길을 따라 산 쪽으로 전통적인 일본 이층집이 하나씩 인형처럼 얌전히 앉아 있다. 어둠 속의 열사흘 달빛만 어깨를 어루만질 뿐 사방은 적막의 세계이다.

저녁 여덟 시가 조금 넘은 시간, 고요하다. 불 켜진 집이 멀리 몇 채 보일 뿐 거리는 캄캄하다. 사람이 살지 않는지 아니면 벌써 취침 중인지 알 수가 없다. 어둠을 가르는 걸음 소리만 내 귀를 자극할 뿐 달빛이 밝다. 끈끈한 바닷바람이 온몸을 감싼다. 이국의 풍물도 보고 색다른 향토색을 감상하려고 나왔지만, 무엇인가 찜찜하다. 포장도로를 벗어나 흙길로 이어진 길에 들어섰다. 텁텁한 공기가 확 코에 느껴지는 순간, 갑자기 "컹컹, 컹컹" 개 짖는 소리가 걸음을 멈추게 한다. 소름이 쫙 끼친다. 돌아갈까 잠시 망설였으나 C와 계속 걷기로 했다. 달빛이 우리를 지켜준다고 생각했기 때문이다. 오른쪽의 바다를 끼고 암흑 속을 거슬러 갔다. 해안을 끼고 도는 모롱이도 둘이나 지났다. 컴컴한 가운데 왼쪽으로 고개를 돌리니 군데군데 납골당이 어렴풋이 보였다. 일본에는 수천의 신을 모시는 신사와 동네 안에도 납골당이 많다는 얘기는 들었지만, 난생처음 그것도 밤에 보니 마음이 조마조마했다.

삼십 분쯤 걸었을까. 손에도 등에도 땀이 흥건하다. 날씨 탓만은 아니다. 운동할 겸 낯선 곳의 호기심에 시작한 산책길이지만 갈수록 섬뜩했다. 알 수 없는 정적과 해풍의 끈끈함이 발끝에서부터 온몸으로 퍼진다. 함께 걷는 C의 이마에도 땀방울이 송골송골 하다. 공포영화 속의 주인공이 이런 기분일까? 오래전 본 영화가 생각난다. 전염병으로 대부분 사람이 떠난 도시의 빈민가. 깜깜한 밤 건물엔 한 가닥 불빛도 없고 아무도 없는 거리를 처연한 달빛 따라 생명체를 찾아 헤매던 주인공의 모습. 장면 장면이 오버랩 되며 나 자신의 본모습을 생각하게 한다. 망망대해에 홀로 작은 쪽배에 의지해 파도에 일렁이는 것이 현재의 나가 아닐까.

흙길에서 벗어나 언덕을 가로질러 포장도로로 올라갔다. 왔던 길을 포기하고 우회하는 길을 택했다. 다행히 이따금 오가는 자동차가 무서움을 덜어준다. 그때야 C와 나는 서로 바라보며 빙긋 웃는다. 섬과 섬을 연결한 큰 다리에 도달했다. 멀리 민가에 불 켜진 집이 몇 집 보였다. 다리 난간에 기대 바닷물을 보니 조용하다. 잠시 마음이 평온해진다. 그때다. 어디선가 들려오는 피아노 소리. 멀지 않은 곳이다. 아이가 치는 것일까? 처음 배우는 사람이 치는 것일까? "도, 레, 미, 파, 솔…. 도, 시, 라, 솔, 파…." 홀연 까마귀 우는 소리가 요란하다. 섬 저편에서 대 여섯 마리의 까마귀가 날아와 빠르게 머리 위를 지나간다. 바닷가에 갈매기가 아니고 웬 까마귀가 이렇게 날아다닐까?

조금 전 길가 신사에 모셔진 형상이 눈에 떠오른다. 평온을 찾던 가슴이 다시 요동을 친다. 인형도 떠오르고 온갖 사람 모습을 한 형체가 어슴푸레 눈앞을 가로막는다. 또 개가 짖는다. '저놈의 개, 저놈의 개' 좀 떨어진 곳이지만 아까보다 더 요란하다. 적막을 뚫고 달빛 속에 퍼지는 소리가 강렬하다. 조심조심 방파제 길로 들어섰다. 이런! 이번에는 고양이 한 마리가 날카로운 울음을 토하며 내 앞으로 쏜살같이 지나간다. 소름이 끼치고 머리털이 쭈뼛쭈뼛 솟는 기분이다. 정말 내가 괴기영화 속으로 들어왔단 말인가.

걸음을 빨리한다. 등줄기에 식은땀이 흐르는 듯하다. 중천까지 따라온 달을 보니 한 시간 정도 지난 모양이다. 멀리 민박집 '夢(YUME)' 이라는 간판이 반갑게 보인다. 그림을 그린 듯 민가는 어둠 속에 펼쳐지고 달빛만 뿌옇다. 바다 안갯속에 별이 드문드문 졸고 있다. 내 팔을 만져본다. 끈끈하지만 따뜻하다. 꿈을 꾼 듯 몽롱하다. 한참 뒤 민박집에서 흘러나오는 다른 동료들의 웃음소리가 화들짝 정신을 깨운다.

'지금, 여기, 나'의 존재가 달빛 아래 더욱 또렷하다.

PS. 서머셋모옴의 작품에서 '무위無爲의 재능才能'이란 글이 나온다. 유추해서 '무용無用의 용用'이란 말을 생각해본다. 글 속에 아무 내용이 없는 글과 같다. 모든 글에 알찬 내용물이 있으면 좋다. 하지만 아무것도 없는 것도 생각할 수 있지 않은가. 페미니스트는 아니지만, 의식의 흐름은 있으니까. 비움 속에서 볼 수 있는 넋두리도 하나의 형식으로 볼 수 있다면….

* 이즈하라 : 일본 대마도 남쪽의 항구.
* 개와 늑대의 시간 : 해가 뉘엿뉘엿 기울어가고 산등성이에 땅거미가 내려앉을 무렵. 사물의 윤곽이 흐려져, 저 멀리서 어슬렁거리며 다가오는 실루엣이 내가 기르던 개인지, 나를 해칠 늑대인지 분간할 수 없는 시간대.

마음 따라 물길 따라

햇살이 느긋하다. 소설小雪 지난 지가 보름이 지났지만 포근한 봄날 같다. 밖에서 누가 자꾸 부르는 것 같은 휴일이다.

오래전부터 마음먹은 신천 둔치를 종주하기로 했다. 상류인 가창 부근에 사는 나는 평소에도 둔치길 산책을 즐긴다. 가창교에서 출발하여 금호강과 합류하는 침산교까지 일정을 잡았다. 이정표에서 거리를 확인하니 약 12.5km 정도이다. 중간지점인 수성교까지는 자주 걸었지만 그 아래로는 처음 가는 길이라 가슴이 설렌다.

출발 지점에서 상동교까지는 냇물과 발목을 나란히 붙인 앞산을 끼고 걷는 길이다. 숲에서 불어온 바람이 물결에 앉았다가 뺨을 스치니 솔 향이 그윽하다. 따스한 날씨 탓일까? 좁은 둔치 길에는 산책하는 사람들과 자전거를 즐기는 이들로 많이 붐빈다. 젊은 사람보다 나이 드신 분들이 많다. 마주친 사람들 얼굴이 웃음 띤 하회탈을 닮았다. 강기슭에는 철이 지난 갈대들이 허옇게 풀어헤친 머리를 흔들며 맞아준다. 걸음을 옮길 때마다 소매 스치는 소리가 정겹다.

상동교 아래부터는 산책로가 폴리우레탄 바닥이라 발걸음이 경쾌하다. 보를 만들어 제법 물이 많은 곳에 오리 식구들이 물결을 가른다. 옆에 산책하던 아주머니들이 감탄한다.

"아이고! 저놈들 봐. 굉장히 크네. 걱정이 없어서 그럴까? 정말 잘 컸네."

"그래그래, 참 통통하게 자랐어. 날개도 참 예쁘네. 저 싱싱한 부리 좀 봐. 멋있네."

평화롭다. 천천히 여유롭게 헤엄치는 모습이 부럽다. 물빛이 좀 탁하다 싶지만 몰지각한 인간이나 수달이라는 천적을 만나지 않으면 저들도 천수를 누리리라. 새끼들과 정답게 노는 것은 어쩌면 인간보다 더 낫지 않을까? 자연에 순응하며 평온하게 살아가는 삶의 모습. 나는 저 오리보다 행복할까? 하는 헛된 생각도 하며 걸음을 재촉한다.

수성교 아래로 접어들었다. 둑 위의 길은 몇 번 걸었지만, 둔치 길은 처음이다. 눈을 시원하게 하는 수양버들이 나타난다. 오뉴월도 아닌데 이렇게 싱싱한 잎이 드리워져 있다니 가슴이 뛴다. 쪽빛 하늘과 아름다움을 경쟁하듯 여러 그루가 줄지어 있다. 수양버들은 아련한 향수를 일으키는 나무이다. 어린 시절 강둑이나 길거리에는 버드나무가 지천으로 있었다. 지금은 벚나무나 은행나무가 그 자리를 차지하지만, 늘어진 파란 수양버들이 바람에 하늘거리는 것을 보니 그 옛날 친구들 얼굴이 떠오른다.

보리가 패기 시작하는 계절이면 버드나무도 한창 물이 오른다. 초등학교 시절 대학생 형을 따라 조무래기 몇 명이 수성호수에 소풍을 갔다. 늘어진 버들이 춤을 추는 그늘에서 한참 놀았다. 시골이 고향인 형이 버들가지를 잘라 피리를 만들어 부는 법을 가르쳐주었다. 처음 불어보는 신기한 소리에 우리는 거리가 시끄럽도록 불었다. 그 시절 그 친구들은 지금 어디서 무엇을 하고 있을까? 지난날에 대한 향수와 애잔한 그리움이 버들잎 타고 이리저리 일렁인다.

몇 해 전 중국 항주 서호를 갔을 때이다. 그때도 맨 처음 눈에 들어온 것이 수양버들 가로수였다. 호수 주변의 수양버들

아래를 걸으니 세월의 시계를 거꾸로 돌려 유년 시절 수성호수에 소풍 간 기억이 살아났다. 스치는 사람들의 얼굴에서 친구의 얼굴이 겹쳐지기도 했다. 그날의 아련함이 다시 살아나 잠시 벤치에 앉아 눈을 감았다.

동신교 다다르기 전에 색다른 광경이 눈에 확 들어온다. 비둘기 무리였다. 신천을 가로지른 전깃줄에 마치 나뭇가지에 핀 구이처럼 앉아 있는 것이 아닌가. 사진 작품에서 자주 보던 모습이다. 전깃줄에 앉아 무엇인가 속삭이는 그들을 보며 우리 인간의 삶을 떠올린다. 어깨를 나란히 하고 서로 돌아보며 쉴 새 없이 얘기하며 다정히 앉은 새들. 인간이나 새나 저 높은 경지의 하늘에서 보면 보잘것없는 생명체이다. 인간은 무엇을 그토록 갈망하기에 서로 사랑하고 미워하고, 질투하고 괴로워하는 것일까. 마음으로 베풀지 못하는 삶이 부끄럽다. 잠깐의 만남이었지만 많은 생각을 하게 한 정경이었다.

신천 철교 아래를 지난다. 마침 KTX 열차가 물 찬 제비처럼 경쾌하게 지나간다. 손을 흔들며 시골 소년처럼 즐거워한다. 시내 중심부에서 열차가 지나는 것을 보기는 쉽지가 않다. 아마 이 다리 아래가 아니면 경험하기 어려우리라. 낡은 교각 아래로 마른 담쟁이덩굴이 묵은 거미줄처럼 달렸다. 따개비처럼 붙어 엉킨 가지가 자식을 위해 한평생을 사신 어머니의 손금 같다. 문득 불편하신 당신의 얼굴이 떠올라 눈시울을 적신다.

멀리 오늘 걷기의 종점인 침산교가 보인다. 산을 오르는 것보다 다리의 피로가 더 크다. 처음 걷기 전의 생각과는 정반대이다. 오르내림이 없어서일까? 발바닥이 얼얼하다. 냇물이 두 갈래로 갈라져 있다. 금호강과 만나는 곳이다. 확 트여 넓어진 둔치에는 팔달교 쪽으로 내 키보다 더 큰 갈대숲이 진을 치고 있다. 자전거를 타는 사람들이 많이 보인다. 가장자리 벤치에 앉아 휴식 중인 노부부의 얼굴이 온화하다. 나도 옆자리에 슬그머니 앉아 옅어진 햇살 속의 강물을 물끄러미 쳐다보았다. 고개를 들어 하늘을 보니 더없이 파랗다. 구름 한 점 없이 펼쳐진 푸른 바다 같다. 아름답고 행복하다.

추억은 언제나 아름답고 가슴 설레게 한다. 요즘 세상은 날이 갈수록 흐려지는 느낌이다. 현대인은 세련되기도 했지만, 그만큼 순수함을 잃고 살아간다. 둔치 길에서 되새겨 낸 풍경은 모두 아름답다. 과거와 현재가 보이고 살아갈 내일이 그려지기도 한다. 지금 내가 가고 있는 삶의 길은 어디일까도 생각해보며 펼쳐진 풍경을 감싸 안는다.

세 시간 반, 열 네 개의 다리를 지났다. 둔치길 따라 만난 자연은 참 아름다웠다. 걸음마다 기쁨이 따랐고 눈길마다 새로운 만남으로 즐거웠다. 길은 내 영혼의 삶을 살찌우는 생명체였다. 길을 통해서 어제의 나를 돌아보기도 했고 내일을 설계하기도 했다. 파란 하늘을 보며 만난 길에서 살아있다는 행복을 느낀 날이다.

잠수교를 건너는 내 어깨 위로 여윈 햇살만 따른다.

제 4 부
노을 진 삶의 시간에 서서

창밖 정원에는 가을이 짙게 깔렸다.
눈 닿는 곳마다 잎이 화사하게 옷 갈아입어 눈부시다.
이름난 설악산, 내장산이 아니라도 동네 뒷산의 기슭까지
단풍이 곱게 들었다. 펑펑 꽃을 피우던 봄날의 기억이 어제 같고,
짙은 그늘로 숲을 덮어주던 싱싱한 잎들의 잔치도 순간이다.

내일은

발걸음이 동동거린다. 때 늦은 한파주의보가 내린 거리는 한산하고 매서운 바람이 얼굴을 때린다. 수성못 입구에 들어서자 걸음은 한층 빨라진다. 추위보다 보고 싶은 얼굴들이 눈에 선하기 때문이다. 파장에 들어선 겨울, 일 년에 한 번 만나는 대학 동기 모임에 가는 길이다. 올해는 평생 정들었던 직장을 마감하는 친구도 있다기에 가슴이 더 두근거린다.

호수가 그림같이 펼쳐진 창을 뒤로하고 십여 명이 앉아 있다. 매년 만난 친구도 있고 삼십 여년 만에 처음 얼굴을 내민 동기도 보인다. "야! 정말 오랜만이네." 꼭 잡은 손에서 따뜻한 체온이 그대로 전해온다. 아직도 학창시절의 모습을 그대로 지니고 있는 듯해 신기하다. 빙긋이 웃는 친구의 얼굴이

어저께도 만난 듯하다. 통유리 창밖에는 꽁꽁 언 수면이 은빛으로 반짝인다.

"학창시절 저 얼음 위에서 스케이트 타던 일이 어제 같은데……."

"그래그래, 겨울 방학 때면 사람들로 바글거렸지."

그 시절을 아는지 모르는지 빙판은 아무 말이 없다. 긴 세월을 지켜온 못가의 버드나무 몇 그루만 앙상한 가지만 드러낸 채 찬바람에 떨고 있다.

명예퇴직! 무한경쟁에 더 버티기 어려웠다고 한 친구가 작년 초가을 겪은 일을 얘기한다. 그날 교무회의에서 영재반 시험 칠 희망학생을 추천하라고 했다. 아침조회를 하기 위해 교실에 들어가니 난장판이었다. 잠시 주의를 환기하고 청소를 시키다 보니 추천해야 할 사실을 깜박 잊어버렸다. 다른 학급의 아이들만 시험을 거쳐 대표학생 두 명을 선발했다. 그러자 통보를 받지 못해 시험을 치지 못한 내 반 학부모의 항의가 들어왔다. 어쩔 수 없이 이미 선발된 두 명과 함께 재시험을 쳤다. 내심 늦게 참가한 아이가 떨어지기를 바랐으나 반대로 그의 성적이 최우수였다. 먼저 선발되었다가 떨어진 아이 학부모가 다시 이의를 제기해왔다. 자초지종을 자세히 간곡히 설명해 이해를 얻을 수 있었다. 분명 교실에 들어갈 때까지는 기억한 일을 잠시 잊었기에 일어난 일이다.

눈을 감고 자신을 돌아보았다. 나는 늘 도전 정신을 아이들에게 심어주고 나도 그렇게 살아왔다. 하지만 숨 가쁘게 돌아가는 현실이 무서울 때도 있다. 언제까지 견딜 수 있을까? 퇴직하는 친구를 살펴보았다. 깔끔하고 온화한 얼굴이다. 아쉽거나 미련이 남는다는 느낌은 보이지 않는다. 무엇이 그들을 이렇게 밀어내는 것일까? 모두 수십 년 이상의 경력자로 그 분야의 달인이다. 사범대학을 졸업하고 한 길만 묵묵히 걸어온 동료가 아닌가. 아직도 몇 해쯤은 열정으로 꽃 피울 능력이 넘쳐 보인다. 누가 뭐래도 그들의 내공은 무림의 최고수 수준인데.

퇴직 후 내일은 어떤 사회가 될까가 중심화제였다. 어제보다 오늘의 삶이 중요하지만 불확실한 내일에 대한 이야기도 재미있다. 한 친구의 색다른 관점에 귀를 쫑긋 세운다. 그는 생물학적인 관점에서 포유류의 생존기간이 200만 년 이상을 버틴 것이 없다고 주장한다. 모든 포유류가 이 기간 안에 사라졌다. 만물의 영장이라고 자랑하는 인간도 이제 200만 년이 다 되어 곧 멸종시기가 왔다고 한다. 멸종되기 전에 무엇인가를 해야 한다고 주장하며 무한경쟁을 추구하는 신자유

주의도 어두운 미래를 암시하는 징조라고 설명한다.

  황당한 얘기 같았지만, 한편으론 수긍이 간다. 지난 수백
년 동안에 변화하던 일이 이젠 몇 십 년, 아니 몇 년 사이에
빠른 속도로 바뀌는 것이 현실이 아닌가. 세계화 시대라는 이
름 아래 지구가 한 나라처럼 묶여 있다. 긍정적인 측면으로
바라보면 소통과 변화를 동시에 느낄 수 있지만, 부정적인 방
향으로 접근하면 강한 자만이 살아남는 시대이다. 힘이 모든
것을 지배하고 신성시되는 원시시대로 바뀌어 간다. 약자의
인권과 소수 권리는 사라지고 가진 자와 힘의 논리에 의해 세
상은 곪는다. 어쩌면 인간이 만든 강한 디지털 기계문명 때문
에 정신과 감성이 지배하는 아날로그 문명이 사라진다는 사
실에서 필요 없는 정보와 빠른 속도가 지배하는 삶 자체가 인
간 포유류의 멸종 신호가 아닐까 혼자 생각에 잠긴다.

  내일은 어떻게 펼쳐질까가 궁금하다. 갑자기 얼마 전 문우
들의 모임에서 '결혼임기제'란 말이 떠올랐다. 결혼기간을
임기로 정해 그때만 부부 관계를 유지한다는 내용의 황당한
이야기이다.
  "신랑은 신부를 이번 임기 동안 ……." 이라는 주례사에 당
연한 듯

"예"라고 대답하는 상상도 한다. 결혼 임기란 좀 생뚱맞은 생각 같지만, 이 또한 존재하기 위한 내일의 원초적인 욕망이 아닐까. 빠른 속도로 바뀌는 사회를 생각하면 멀지 않아 일어날 지도 모를 일이다. 한 남자와 한 여자가 만나 평생을 산다는 것은 윤리적인 측면이 강하고 생물학적인 관점에서도 맞지 않을 수도 있다. '결혼임기제'가 실현되면 남녀 중 누가 더 좋아할까? 씁쓸하고 재미있기도 하지만 미래는 아무도 생각하지 못한 곳으로 진화해 가는 모양이다.

며칠 전 책상 서랍을 정리하니 예전에 찍은 사진들이 쏟아졌다. 모아서 정리한다는 것이 쌓여 백여 장이 넘었다. 한 장 한 장 넘겨보며 그날을 떠올렸다. 돌아본 시절은 모두 아름다웠다. 그리웠던 추억의 순간이 어슴푸레 살아나 사진 속의 사람과 얘기도 나눴다. 오래된 사진일수록 사라진 인물이 늘어난다. 퇴직한 동료이다. 내일이면 나도 저 대열에 들어간다고 생각하니 가슴이 먹먹하다.

연둣빛으로 옷 갈아입는 새봄의 정원이 상큼하다. 봄바람에 새잎이 춤추는 모습은 눈이 시릴 만큼 사랑스럽다. 오늘 아침 출근길이다. 신호대기 중 줄지어 선 가로수 잎이 파릇파릇 눈에 안긴다. 그 잎 사이로 뿌옇게 보이는 강변 풍경이 꿈결 같다. 가늠할 수 없는 내일이 오겠지만, 그래도 산다는 것은 아름답다. '사랑하면 알게 되고 알게 되면 보이나니, 그때 보이는 것은 전과 같지 않으리라.'는 선인의 말이 입안에서 맴돈다. 그렇다. 그동안 삶에 대한 내 사랑이 너무 부족하지 않았을까? 변화와 사라짐은 또 다른 세계의 시작일 뿐이다. 자연스럽게 흐르는 물결을 타지 못했기에 생긴 결과이다. 내일이 산뜻한 무지개로 반짝 떠올랐다가 사라진다.

늦은 저녁 퇴직한 친구에게 오랜만에 안부 전화를 했다. 대답이 간단하다.

"그냥 그러려니 하고 지내지. 해가 뜨면 일어나고, 밤이 되면 잠자야지. 뭐 깊이 생각할 필요가 있나."

순리대로 산다는 말이다. 만져지지도 보이지도 않는 내일은 어김없이 올 것이다. 다만 늘 오늘처럼 자연스럽기만을 소망한다.

노을 진 삶의 시간에 서서

"좋은 아침입니다. 선생님."

"어, 일찍 출근하네."

산뜻한 차림으로 인사 하는 새내기 직원을 보며 덕담을 건넨다. 지난겨울에 결혼한 그는 풋풋하고 싱싱하다. 삶을 하루로 보면 그는 막 아침을 먹고 후식을 먹을 시간쯤이다. 밝게 웃으며 얘기하는 입안의 치아가 가지런하다.

내게도 저런 때가 있었던가. 부러운 듯 돌아보다 책상에 앉는다. 하루의 일과가 컴퓨터 부팅으로 시작해서 퇴근할 때 로그아웃하는 것으로 바뀐다. 세상의 모든 일이 B4 넓이만 한 화면 안에서 이루어진다. 직원들을 둘러봐도 화면에 홀인 하듯 빠져들어 표정이 없다. 활짝 웃으며 즐거운 얘기로 하루를 시작하던 때가 언제였던가. 아날로그 시대의 따뜻한 체온으로 어제 일을 껄껄거리던 시절이 내 생의 밝은 오전이었다.

창밖 정원에는 가을이 짙게 깔렸다. 눈 닿는 곳마다 잎이 화사하게 옷 갈아입어 눈부시다. 이름난 설악산, 내장산이 아니라도 동네 뒷산의 기슭까지 단풍이 곱게 들었다. 펑펑 꽃을 피우던 봄날의 기억이 어제 같고, 짙은 그늘로 숲을 덮어주던 싱싱한 잎들의 잔치도 순간이다. 푸름으로 기를 쓰며 산을 오르던 봄도, 녹음으로 그늘을 펼치던 여름도 열매를 갈무리할 가을에 자리를 비켜준다. 자연의 순리다. 느긋이 산 능선에 올라 노을의 아름다움을 보라. 능선에서 붉게 타는 그의 아름다움을 보며 새롭게 시작할 때다. 오르는 시간이 있으면 내려오는 시간도 있다. 힘들게 올라 고비를 넘을 때마다 누구나 한 껍질을 벗는다. 벗는다는 것은 성숙하는 것이다. 오십의 마지막 고개를 넘는 내게 자연은 성숙의 순리를 말해준다.

삼십여 년 전의 봄이다. 산골 신설학교에 교사로 발령을 받았다. 학교는 면 중심지에 있었기에 전기가 들어왔지만, 대부분 아이는 호롱불 켜는 집에서 다녔다. 눈을 감으니 아련하고 그립다. 두려움도 어려움도 없었고 모든 일이 즐겁고 보람 있었다. 초롱초롱한 70여 명의 맑은 눈을 바라보며 웃고 울며

부대끼는 자체가 행복이었다. 야산을 두 개나 넘어서 걸어오는 아이도, 대낮에도 사람의 흔적이 드문 산길을 터벅터벅 한 시간 반이 걸려서 등교하는 학생도 있었다. 그들의 해맑은 얼굴을 요즘은 TV 속 티베트나 네팔의 다큐멘터리 프로그램에서 다시 보기에 그날의 꿈을 꾸기도 한다. 그때가 꽃 피는 이십 대 중반. 돌아갈 수 없는 내 인생에서 아침 식사 후 후식 시간이 아니었을까.

몇 해 전이다. 오랜 세월 잊고 지내던 산골 제자로부터 한 통의 전화를 받았다.

"선생님, OO 중학교 졸업생 OOO입니다. 올해가 저희 졸업 25주년이라 은사님을 모시고 싶은데요."

생각지도 않았던 일이라 처음엔 잠시 멍했다.

"그래, 정말 반갑고 고맙다. 꼭 참석하지. 다른 분들도 연락되니?"

"예, 수소문하고 있지만 찾기가 어렵네요. 가능한 한 같이 모시려고 합니다."

눈을 감고 추억의 날개를 폈다. 사반세기가 흐른 지금 모두 어떻게 변했을까?

예정에도 없던 봉화로 일박 이일 여행이었다. 궁금증과 기대감으로 설레는 마음이 젊은 날 심정을 되찾은 듯했다.

"선생님, 얼굴이 하나도 변하지 않았네요. 옛날 그대로네요. 저보다도 젊은 것 같은데요." 그렇게 앳되고 맑은 얼굴들이 중년의 아저씨 아주머니로 변해 있었다. 얼핏 보면 친구라고 해도 될 것 같은 제자도 있었다.

"그때 왜 그렇게 엄하게 수업하셨나요?"

"한문 숙제를 너무 많이 내 주어서 혼이 났지만, 선생님 덕분에 사회생활에 큰 도움이 되었어요."

"제가 선생님 짝사랑한 것 아시는지 모르겠네요."

그날 내 삶의 시간은 정오를 향하는 푸르고 맑은 시간이었다. 무르익는 밤보다 꿈결 같은 대화에서 옛날의 기억을 살려 내느라 밤이 너무 짧았다.

내 삶의 시간은 어디쯤 왔을까? 50대를 마무리하는 나는 지금이 은퇴 후의 삶을 설계할 때이다. 평균수명의 연장으로 요새 장년은 비축된 힘이 있는 세대이다. 심리학자들의 실험에서도 40~60대의 뇌가 청년의 뇌보다 더 똑똑하다는 결과를 내놓고 있다. 중국에선 50대가 성숙했다는 숙년熟年, 60대는 장년長年, 70대 이상은 존년尊年이라 부른다고 한다. 그들의 논리로는 이제 장년이 시작되는 시점이다. 새로운 출발로 더 즐겁게 남은 삶을 계획하고 실천해 갈 나이이다. 능선에 물드는 저녁노을을 느긋이 즐기는 때이다.

계절은 자리바꿈을 하느라 나무가 입은 옷을 하나둘 벗는
다. 머지않아 찬바람이 몰아치면 겨울이 시작된다. 늦은 오
후 마른 잎이 쌓인 숲길의 바스락 소리가 미묘하고 사랑스럽
다. 이런 기분에 가을 산이 나를 초대하는가보다. 바람 소리
에 놀란 잎이 우수수 떨어진다. 사라진다는 것은 내일을 위
해 갈무리하는 것이다. 한때는 떨어지는 잎을 보고 감상에
젖어 비관에 빠진 때도 있었다. 떨어진다는 것이 내일의 성
숙을 위해 땅속에 저장한다는 사실을 간과할 때의 일이다.
능선의 노을이 붉게 타오른다. 새털구름과 함께 춤추더니 잠
깐에 사라진다.

몇 해만 지나면 퇴직을 한다. 내 삶의 노을은 어떤 빛일까?
불타는 듯 정열적일 수도, 은은하고 불그스름할 수도 있다. 살
아온 날보다 살아갈 날의 자세에 따라 그 색도 변할 것이다.
노을 지는 저녁은 아름다운 시간이다. 내 지난 삶을 돌아보고
어떻게 살아갈지 사색에 잠길 수 있어 즐겁다. 한 잔의 커피를
들고 창밖 능선의 노을을 우러르며 생각에 빠진다. 남은 삶의
여정에서 내일 떠오르는 해가 오늘 같기만을 소망한다.

두 제자

'오후 3시쯤 떡 좀 보내겠습니다. 맛있게 드세요.' 출근해서 자리에 앉자마자 날아온 문자이다. 보낸 사람을 생각하니 마음이 감전된 듯하다.

수업이 비는 시간 봄 향기를 찾아 정원에 들어섰다. 노랗게 쏙쏙 하늘과 눈 맞추는 산수유 꽃이 향기를 날리고, 폭죽 터지듯 펑펑 꽃잎 펼치는 매화가 바람결에 안긴다. 새벽에 핀 듯한 매화 한 송이를 따 손 위에 놓고 생각에 잠긴다. 떡을 보낸 그녀의 얼굴이 떠오른다.

지난달 그들 동기 모임에서 삼십 여년 만에 처음 만났다. 초임 시절 산골학교에 근무할 때의 제자이다. "선생님, 저 연

희예요. 알겠습니까?" 펑퍼짐한 몸매의 파마머리였지만 모습은 단정하고 깔끔하였다. 단발머리에 해맑고 앳된 얼굴이던 그녀가 어느덧 지천명의 나이란다. 두 손을 꼭 잡은 나는 안경 너머로 반짝이는 눈동자에서 과거의 추억을 더듬어 보았다. 야트막한 언덕 중턱에 살던 그녀의 집과 이따금 길에서 마주치면 수줍은 미소로 인사를 하던 모습이 아련하게 떠올랐다. 지금은 시지 아파트단지에서 아담한 떡집을 운영한다고 했다.

"그때는 정말 엄해서 연세를 짐작하지 못했는데요. 지금 보니 저희 큰오빠보다 젊은 것 같네요."

"사실 대학 졸업하고 첫 발령지라 나이가 얼마 되지 않았지."

하나둘, 옛 기억의 샘터에서 길어 올린 얘기로 시간이 가는 줄 몰랐다. 밤이 이슥하도록 주고받는 담소 속에 켜켜이 쌓인 세월의 무게도 느낄 수가 없었다. 모두 그날 그 시절로 돌아가 가슴속이 훈훈하였다.

"선생님, 새 학기 시작하면 언제 교무실로 떡 좀 보내 드릴게요."

불쑥 내민 그녀의 제안에 순간 당황했다.

"아니, 그럴 필요가 없어. 미안하잖아."

"괜찮습니다. 옛정을 생각하며 선생님께 꼭 보내 드리고 싶습니다."

봄볕보다 따뜻한 대화 속에서 마음은 더욱 훈훈해진다.

월요일 첫 수업시간이었다. "자세 좀 바로 할 수 없니?" 주의를 거듭 주어도 T는 마이동풍이다. 복도로 보내 벌세웠으나 여전히 가만히 있지 못하는 듯했다. 잠시 뒤에 점검하러 가니 어디로 갔는지 보이지 않았다. T는 올해 담임을 맡으면서 처음 만난 아이다. 아이답지 않은 능글능글한 태도에 어떻게 대처해야 할지 매일 고민이다. 태풍보다 강한 사춘기의 반항은 알고 있지만 암담하기만 하다.

오늘 셋째 시간이다. "아무것도 먹지 않았어요." 방금 음식 먹은 사람 일어서라고 지적하니 태연스레 대답한다. 제일 뒷자리에 앉은 T와 앞의 두 아이가 돌아가며 먹을 것을 입에 넣는 것을 뻔히 보고 지적했지만, 무조건 시침을 떼고 거짓말을 한다. 입안에 증거물이 남아 있어도 순간만 모면하려는 태도는 사람을 미치기 직전까지 몰아간다. 베란다로 가서 심호흡 한 번 하고 멀리 앞산 능선을 잠깐 쳐다보고 교실에 들어왔다. 변하는 세상에 내가 따라가지 못하는 것일까. 내 인내심을 시험하고 있는 것일까.

방과 후에 상담실에서 T와 마주 앉았다. 왜 그랬느냐고 물어도 처음엔 아무 말이 없다. 도리어 뭘 잘못했느냐고 따지듯이 대든다. 차근차근 그가 한 일을 일러주면서 다독거려 주었다. 한참 듣고 있더니 차츰 고개를 숙인다. 자신도 이유를 알지 못하겠다고 한다. 찬찬히 얼굴을 보니 매끈하고 준수하다. 상담하다가 그의 손을 펴 보라고 했다. 손바닥의 손금을 보면서 재미있게 운세를 설명해 주었다. 알량한 지식이지만, 좋은 말로 기운을 북돋워 주니 얼굴이 밝아진다. 내 마음도 덩달아 환해진다. 그동안 관심과 칭찬이 모자란 탓일까. 문을 나서는 그의 뒷모습에서 비바람에 흩날리는 꽃잎 같은 교육 현장을 보는 듯해 가슴이 아려온다.

　저녁을 먹고 신천 둔치로 산책을 나왔다. 어제 내린 비로 강물이 제법 출렁이며 물막이 보를 넘는다. 전에 보이지 않던 가창오리들이 어미 따라 물살을 타고 오르내린다. 물끄러미 바라보며 오늘을 돌아본다. 꿈 많던 시절 산골 아이들에게 쏟던 정열이 식었는가도 생각된다. 세월이 흐르면 모든 것이 변하는 것이 사실이다. 그렇건만 절대로 변하지 말아야 할 것도 많다. 그들의 미래가 답답해 보이는 것은 변화를 따르지 못한 나의 공연한 걱정일까?

봄비 내린 다음 날이라 하늘의 별이 유난히 총총하다. 건너편 용두골 중턱 봄꽃이 눈을 비비는지 향긋한 골바람이 코를 자극한다. 떡을 보낸 그녀의 마음이 생각나고, 순간만 비켜가려는 오늘의 T가 떠오른다. 아날로그시대와 디지털 시대의 차이로 이해하기엔 힘만 들 뿐이다.

옛말에 '성인聖人도 시속時俗을 따르라'고 하지 않았던가. 시간의 물결은 흐르건만 따라갈 배가 없으니 그를 슬퍼할 뿐이다.

바람은 불어도

    중간고사 첫날 오후 교무실. 갑자기 싸늘한 분위기다. 전화를 받는 교감 선생님 얼굴이 심각하다. "예, 잘 알아보고 조치를 하겠습니다." 한 학부모의 항의 전화였다. 오늘 둘째 시간 수학시험에 감독 교사가 늦게 들어와서 아이 시험을 망쳤다고 난리다. 무려 7분이나 늦게 와서 또 5분 정도 주의를 시키고 시작을 했다나. 중학교에 들어와서 첫 시험이라 긴장도 했고 문제도 어려워 미처 다 풀지도 못한데다 시작도 늦어서 손해를 보았다고 화가 잔뜩 나 있다.

    시험감독 선생에게 연락해도 불통이다. 계속 전화를 해도 응답이 없다. 하필 이럴 때 왜 전화를 안 받을까? 한쪽의 이야기만 듣고 섣불리 판단을 내릴 수는 없다. 양쪽의 이야기를 들어봐야 해결책을 찾을 것인데. 거듭 통화를 시도해도 연결이 되지 않는다. 답답하다. 만약 학부형의 항의가 사실이라면 문제가 복잡해진다. 온갖 억척만 할 뿐 정확한 진상을 알 수 없어 착잡하다. 불똥이 커지면 자칫 재시험을 치를 수도 있는 상황이 아닌가?

오늘 아침 출근을 하니 교무실이 소란하다. 어제 감독한 선생이 교감 선생님 자리에서 언성을 높인다. 정확하게 시작 벨이 울리자 곧 들어갔다고 한다. 요새는 학부모와 함께 감독하기에 혹시나 늦었으면 학부모가 와서 연락했을 것이라고 반문한다. 자기가 들어갈 때 아직 교실에 들어가지 않은 아이들도 복도에 몇 명 있었고, 다른 반 학부모 감독들과 복도에서 인사까지 하고 입실했다고 설명한다. 도대체 왜 이런 항의가 들어 왔는지 이해할 수 없어 울분을 토한다. 늦은 밤 통화한 후 어젠 잠도 잘 자지 못했다고 한다. 50대 중반인 그의 얼굴은 복숭아꽃이다.

그때였다. "참, CCTV로 확인하면 되지 않느냐." 한 동료가 말을 이었다. 그렇지. 올해 초 복도마다 아이들의 폭행이나 안전을 위해 CCTV를 설치했다. 당장 확인해보면 정확한 사실을 알 수 있겠지. 어제 오전으로 돌려보니 정확하게 복도에서 교실로 들어간 시각이 10시 22분이었다. 시험 시작이 10시 20분이니 교무실에서 4층 교실까지 걸어가는 시간을 계산하면 정시에 입실한 것이다. 그러면 그렇지. 동료 교사들이 탄식하는 소리가 들린다. 학생 말만 믿고 흥분한 학부형의 전화에 벌집 건드린 듯한 교무실이 잠잠해진다.

아침에 처음부터 담당 선생의 말을 들어보니 학부모 항의가 설득력이 없었다. 원인을 추측해보았다. 아마 시험시간 착각이 첫 번째 이유이고, 두 번째는 본인이 시험 못 친 것을 감독 선생 핑계로 돌려보려는 얄팍한 아이의 변명이었을 것이다. 보통 때는 쉬는 시간이 10분이지만 시험기간에는 쉬는 시간이 15분이란 것을 모르고 5분을 더 더했기에 그런 결과가 난 것이지 싶다. 한 학생의 이기심 때문에 애꿎은 교사만 날벼락을 맞았다.

요샌 아침마다 예전에 중단했던 한문 공부에 흥미를 느낀다. '고문진보'를 읽으면서 명문장에 감탄하고 빠지던 때가 언제였던가. 학창시절 담당 교수님이 적고 외우라고 시키던 숙제가 생각난다. 20대에 멋도 모르고 흥에 겨워 중얼거리던 그 문장을 다시 읽어보니 감각이 새롭다. 조금 전의 일을 생각하며 소동파의 '적벽부' 한 구절을 보고 있을 때이다.

"오늘, 형님과 술 한잔해야겠습니다. 가슴이 답답해 도저히 그냥 못 있겠어요."

"그래 그러면 좋겠는데, 내가 술을 못해 미안하네. 다음에 식사나 한번 하세. 자, 혈압 낮추고 이 글이나 읽어보게."

내 곁으로 와서 울분을 토하는 그에게 슬며시 보고 있던 글을 읽어주었다.

"내 삶은 이 천지간의 하루살이요, 아득한 넓은 바다의 좁쌀 한 알갱이로다. 우리 인생이 짧음을 슬퍼하고 저 한없이 흘러가는 장강을 부러워하노라. (寄蜉蝣於天地 渺滄海之一粟 哀吾生之須臾 羨長江之無窮)"

"그렇군요. 답답한 내 심정에 딱 맞는 말입니다. 크고 넓게 생각해야지요."

씁쓸한 표정의 그가 창밖에 일렁이는 나뭇잎만 한참 바라보더니 천천히 자리로 돌아간다. 천 년 전 소동파가 적벽 아래에서 읊은 심정을 어찌 자세히 알 수 있을까만 그가 지금이 구절을 곱씹으면서 조금이나마 마음의 안정을 얻을 수 있었으면 하는 마음이다.

직원회 때 잠시 오해한 교감 선생이 공개적으로 사과했다. "괜찮습니다."라며 없었던 일로 받아준 그 선생의 마음이 대범하고 따뜻하다. 학부모의 항의로 잠시나마 그를 불편하게 했던 일이 풀려서 다행이다. 사건이 일어난 즉시 적절한 소통이 되었으면 좋았을 것을.

오늘따라 햇살이 눈에 부시다. 무성해진 정원의 느티나무 잎들 춤이 현란하다. 세상이 변하는 것은 당연하지만, 때로는 거친 바람이 너무 강하다. 너무 쉽게 흔들리는 교단의 미래가 안타깝지만 믿을 수 있는 동료가 있어 아직은 견딜만하다. 어떤 바람이 불어와도 정원의 푸름은 지속될 것이다. 따스한 햇볕 아래 봄바람이 어깨를 툭 친다.

친구가 살짝 건넨 말

새벽 알람 소리에 눈을 뜬다. 출근하지 않는 날이라 몸이 반사적으로 움직이지 않는다. 일어나서 무엇인가 하려는 마음과 느긋이 휴일을 즐기고 싶은 마음이 엎치락뒤치락 바뀐다. 다시 피곤함이 밀려와 눈을 감는다. 잠을 청해 보지만 머릿속에는 온갖 생각들이 거미줄을 친다. 알 수 없는 조급함이 생각 끝자락까지 달라붙어 어지럽다.

지난해 늦은 봄 체육대회 하는 날이었다. 절친한 동료가 내게 살짝 말을 던진다. 명예퇴직하기로 했다고. 그 말을 들은 순간 머릿속이 하얗게 변했다. 아니 명예퇴직을 한다고? 삼십여 년을 같이 근무한 절친한 동료였다. 눈물이 자꾸 흘렀다. 아니, 그가 떠나는 것과 내가 무슨 상관이 있는데 이럴까.

만나면 헤어지는 것이 자연의 법칙이다. 그와도 언젠가는 헤어질 것이다. 단지 몇 년 앞당겨 헤어지게 된 것일 뿐이다. 내 감성의 골이 너무 섬세해서 그런가? 분명히 다른 이유가 있건만 찾아낼 수가 없다. 곰곰이 생각하면 떠나는 사람이 있고 남는 사람이 존재하는 것은 당연한 자연의 순리이다. 꽃이 피고 잎이 나고 낙엽이 지고, 다시 꽃이 피는 우주의 섭리를 망각한 탓일 지도 모른다.

이상하다. 많은 돈을 사기당한 것도 아니고, 가족의 큰 불행이 생긴 것도 아닌데 몸과 마음이 자꾸 가라앉는다. 문득 살아온 날을 돌아보니 허무한 생각이 든다. 길가는 사람들이 저 먼 나라의 이방인처럼 보인다. 나 혼자 이 세상에 버려진 듯 적막한 느낌이다. 아직 이순耳順의 나이도 되지 않았는데 이게 무슨 생각이냐고 자신을 곧추세워 봐도 그때뿐 마음과 몸은 계속 추락할 뿐이다.

나는 재작년까지만 해도 물 흐르는 대로 살아왔다. 그런데 그 사건 후 아직도 마음이 이따금 허전하다. 무엇이라 콕 집어 말로는 할 수 없고 흐릿한 안개 속에서 헤매는 느낌이다. 이러면 안 되는데 다짐을 했지만, 뜻대로 되지를 않는다. 하루에도 여러 번 생각이 바뀐다. 그러려니 하며 살아가자고

뇌를 자극하지만, 마음은 초조하기만 하다. 객관적인 내 여건이 누구보다도 행복하지만, 부정적인 잡념이 자꾸 생기니 이를 어쩌란 말인가.

선인들은 이런 현상을 '구방심求方心*', '일체유심조一切唯心造*'라는 말로 다스리고자 했다. 지금 이 말의 도움이 절실하지만, 말은 말대로 뜻은 뜻대로 해석되고 내 영혼까지 스며들지 않는다. 혼자 가만히 있으면 답답하기도 하고 몸은 편안하지만, 마음은 불안하다. 무엇에 열중해서 빠지지 않으면 종일 허전한 느낌이다. 밤에는 깊이 잠들지 못해 눈이 피곤하고 이리저리 뒤척거리며 강박관념에 시달린다. 하릴없이 이겨내려는 방법의 하나로 흘러간 명화를 감상하기도 한다.

어제저녁에는 90년대의 명화인 '빠삐용'을 다시 봤다. 캄캄한 독방에서 살아남기 위해 끊임없이 운동하는 주인공의 모습이 나를 채찍질한다. 진정한 자유를 찾기 위해 끊임없이 탈출을 시도하는 장면마다 가슴이 조마조마해진다. 반전에 반전을 거듭하다가 드디어 절대로 탈출할 수 없다는 악마 섬에 유배된 그! 하지만 누구도 그의 의지를 꺾지 못한다. 긴 시간 조류의 흐름을 연구한 그가 절벽에서 뛰어내릴 때의 장면은 머릿속에서 좀처럼 지워지지 않는다. 짙푸른 바다 위 야자열

매로 만든 작은 뗏목에 엎드려 부르짖는 마지막 그의 대사가
나의 정신을 채찍질한다.

"야, 이 자식들아. 난 이렇게 살아있다."

내 마음을 찾으려 방황하다가 한 글귀를 발견했다. 선인이
남긴 글에서 '심한신왕心閒神旺*'이라는 구절이다. '마음이 한
가하니 정신이 더욱 활발해진다.'라는 의미다. 고요함을 찾
아야겠지만 흔들리는 마음에 정신만 혼란하다. 이따금 경쾌
한 음악을 듣거나 신이 나는 노래를 부르면 조금 안정이 된
다. 헬스장 가는 길에 차 속에서 혼자 '꽃 타령'을 흥얼거린
다. 몇 번 되풀이 부르니 한결 편안하다. 다시 판소리 '사랑
가'로 시작해서 '진도 아리랑'을 틀어 놓으니 마음이 가라앉
고 조급함이 스러진다.

늦은 밤 열엿새 달이 하늘에 걸려있다. 오늘도 김빠진 맥주
같은 마음을 다독거리려 신천 둔치에 나왔다. 말라 버린 들풀
만 길가에 흔들리고, 환하고 서늘한 달빛에 눈이 시리다. 예
전의 마음을 되찾을 날이 언제쯤일까 생각하며 발걸음이 빨
라진다.

* 구방심(求放心) : 맹자에 나오는 말로 '흩어진 마음을 끌어 모은다

는 것.'

* 일체유심조(一切唯心造) : 화엄경의 중심사상으로 '모든 것은 오로
지 마음이 지어 내는 것'임을 뜻하는 불교용어.

* 심한신왕(心閒神旺) : 청말의 전각가 등석여(鄧石如)의 인보(印譜)
에 나오는 말.

새소리

맑고 청아하다. 달포 전부터 새벽잠을 깨우는 소리다. 그윽한 숲 속에 들어온 듯 노래는 감미롭다. 몇 마리나 될까? 달콤한 소리만 허공에 가득하고 모습은 눈에 들어오지 않는다.

저층 아파트 4층에 사는 나는 요즘 하루를 즐겁게 연다. 건너편 동 출입구 5층 천장에 둥지를 튼 새집 때문이다. 제비집은 아니다. 무엇으로 만들었는지는 알 수 없다. 안쪽 모서리에 원뿔을 엎어 붙인 듯 지은 새집이 두 군데나 보인다. 수면시간이 나보다 짧아서일까. 부지런하다. 여명이 눈을 비비기도 전에 왁자지껄 새벽을 흔든다. 온갖 소리가 어울려 살아 숨 쉬는 재래시장 길거리 같다.

몇 해 전 자매학교 방문차 중국 상해에 들렀던 일이 떠오른다. 바뀐 잠자리에 잠을 설치다, 새벽 일찍 동료와 산책을 나섰다. 숙소에서 한 블록쯤 걸어가자 갑자기 새소리가 요란했다. 근처에 공원이 있구나 생각했다. 천천히 소리 나는 쪽으로 걸어간 나는 깜짝 놀랐다. 조그만 정원 중앙에 큰 나무 한 그루가 있었는데 가지마다 새장이 몇 개씩 걸려 있는 것이 아닌가. 형형색색 새들의 노래 소리에 내 정신이 아득했다. 새가 나무에 앉은 것이 아니라 새장이 주렁주렁 달린 모습. 이곳에선 새벽마다 집에서 기르는 새를 새장 채로 들고 나와 이 나무에 걸어 둔다고 한다. 한 시간쯤 지나서 다시 돌아오니 조용하였다. 산책을 끝낸 사람들이 새장 속의 새와 함께 집으로 돌아가고 없었다.

색다른 광경에 쓴웃음을 지으며 곰곰 생각에 잠겼다. 사랑한다는 것은 구속에서 벗어나게 하는 것이 아닐까. 그들의 새 사랑은 유별나다. 집집이 새를 키우는 것은 그만큼 사랑하기 때문이리라. 하지만 꼭 곁에 두고 소리를 감상하고 즐기는 것이 진정한 사랑일까? 집착에 가깝지 않을까. 새도 하나의 생명체이다. 갑갑한 새집 속에 갇혀 사는 것보다 자연 속을 마음대로 날아다니며 살고 싶은 본능이 있을 것이다. 사랑이라는 이름으로 길들이고 구속하는 것은 바람직하지 않다. 살아

있는 생명체에는 어울리지 않는 일이다. 사랑과 구속의 한계는 어디까지일까. 내가 그들의 문화를 이해하지 못하는 것일지도 모른다. 그날 크리스마스트리에 장식물이 달린 듯 나무에 걸어둔 새장의 충격은 오랫동안 내 머릿속에서 지워지지 않았다.

Y의 행동은 럭비공이다. 요즘 가장 두렵다는 중학교 2학년병을 혼자 톡톡히 앓고 있는 모양이다. 교실 뒤편 창가에 앉은 그는 잠시도 가만히 있지 못한다. 조용한 아침 독서시간. 대부분 아이는 책에 빠져 있지만, 그의 행동은 독특하다. 책을 방패로 세워 놓고 책상 속에서 무엇인가를 꺼내 한참 동안 만지작거린다. 다시 커다랗게 종이비행기를 접어 날린다. 작은 소리로 노래를 부르고 그래도 심심한지 앞의 아이를 툭툭친다. 몇 차례 지적해도 막무가내다. 며칠 후 학부모와 면담을 했다. 늦은 나이에 얻은 아이라 관심은 남달랐다. 문제는 할머니의 절대적인 손자 사랑에 있었다. 할머니의 그늘에서 날개를 단 그의 행동은 어디서도 통제가 되지 않았다. 달래기도 하고 벌도 주었지만, 그의 마음을 얻지는 못하고 지냈다.

늦은 오후 비껴가는 햇살을 뒤로하고 정원의 벤치에 앉았다. 오늘따라 유난히 지저귀는 직박구리 소리가 정겹다. 손자의 본모습을 보지 못하고 무조건 감싸기만 하는 Y군 할머니의 사랑이 떠오른다. 겉으로 생글생글 웃는 얼굴 뒤에 숨은 마음을 읽을 수가 없다. 생각 없이 행동하고 문제가 생기면 보호막 뒤로 숨어버리는 태도가 오늘의 그를 만든 모양이다. 조건 없는 사랑이 집착으로 변해 자유로운 영혼의 성장을 막아버린 결과가 아닌가. 진정한 사랑이란 감싸고 얽매는 것이 아니라 지켜보고 믿어주는 것이 아닐까 혼자 생각에 잠긴다.

문득 내 삶을 돌아본다. 나는 얼마나 가족을 배려하면서 살아왔을까. 아내를? 아이들을? 누구나 남보다 잘살아가려는 것은 인간의 본능이다. 동기가 아무리 순수해도 욕심이 지나치면 결과는 기대와는 멀어지기도 한다. 끼니마다 식탁에선 아이들과 티격태격한다. 찬이 너무 없다느니 짜서 못 먹겠다고 팽팽한 줄다리기 한다. 음식을 준비하는 사람의 마음을 잠시 잊은 결과이리라. 미안하고 부끄러운 마음만 앞선다. 모 방송 프로그램에서 사회자의 한마디가 홀연 머리를 친다. 사람 사는 세상 별다른 것은 없이 다 그렇고 평범하다는 이야기. 잘 알고 있지만, 집착에서 벗어나지 못하는 것이 인생일까.

오늘도 출근하니 새소리가 요란하다. 시내 중심에 자리하지만 오랜 역사를 지녔기에 울창한 정원의 숲은 도시의 산소 탱크다. 커피 한 잔을 들고 천천히 정원 속을 어슬렁거린다. 녹음이 푸른 하늘을 잔뜩 가리고 있다. 가지에서 가지로 줄타 기하는 새들이 귀엽고 사랑스럽다. 무슨 얘기를 저렇게 주고 받을까. "삐익~ 삐익" "휘익~ 삐이익" "끼익~ 끼익~ 끼익" 아름답다. 산수유에 앉더니 매화 가지로 훌쩍 자리를 옮긴다. 느티나무 높은 가지로 날아오른다. 떠난 가지의 파르르 떨리 는 여운이 내 가슴에 전해진다. 자유이리라. 의지대로 날아다 니는 자유로운 영혼을 그들에게서 본다. 소리의 울림이 오래 도록 귀에 걸린다.

본능과 본성*

지난해 초겨울이었다. 본관 지하로 통하는 구멍에 야생 고양이가 새끼를 낳아 둥지를 틀었다. 새끼는 세 마리였다. 호랑이 무늬 같은 멋진 털에 무척 귀티가 나고 귀여웠다. 불쌍히 여긴 한 여직원이 관심을 두고 보살펴 주었다. 새끼에겐 매일 우유와 참치 같은 음식을 주어 관계를 맺었다. 일 년 남짓 지난 지금 여덟 마리로 식구가 불어났다. 쉬는 시간마다 아이들이 몰려가 귀엽다고 장난을 친다. 자주 찾아와 얼굴을 익히고 잘해 주는 사람에게는 재롱을 피우지만, 조금이라도 낯설거나 호의를 갖지 않고 대하는 사람에게는 어김없이 경계의 날을 세운다. 거리를 두고 관찰만 하던 나는 한참 의문을 가졌다. 저렇게 키워도 본능이 살아있을까?

오늘 5교시 수업이다. 점심시간 다음이라 교실은 어수선하고 집중이 잘되지 않는다. 몇 차례 주의를 시키고 진도를 나갔으나 아이들은 딴짓하는 데 정신이 쏠려 있다. 창가에 앉아 있는 G군은 학급 간부지만 수업태도가 좋지 않다. 쪽지에 무엇인가를 쓰더니 접어서 책 밑에 살며시 밀어 넣는다. 잠시후 서너 아이 건너편으로 건네주고는 시침을 뚝 뗀다. 얼마후 다시 답장이 날아온다. 주고받기를 두 차례 할 때까지 모른 척 그냥 넘어갔다. 세 번째 쪽지를 돌릴 때이다.

"거기 G군 쪽지 받은 것 가지고 나와."

"예, 아무것도 없는데요."

"주고받은 쪽지 있잖아. 가지고 나와."

"받은 것 없는데요."

시치미를 딱 떼고 당당한 태도다. 천천히 옆으로 걸어갈 때까지 꼼짝도 하지 않는다. 책 밑에서 증거를 찾아내니까 비로소 고개를 숙인다.

"까각 까각" 조용하던 정원이 요란하다. 점심 후 동료와 커피 한 잔을 들고 본관에 들어설 때이다. '무슨 일이 있나? 왜 이렇게 까치가 시끄럽게 울고 있지.' 서로 얼굴을 보며 의아해하던 나는 눈을 다시 크게 떴다. '아니 이럴 수가?' 참빗살나무 가지에 고양이 한 마리가 올라가 있는 것이 아닌가. 대

충 눈짐작으로도 6m 높이는 되어 보인다. 낮게 엎드린 자세가 심상치 않다. 상대를 노리는 눈매가 멀리서도 반짝인다. 조금 떨어진 다른 가지에 까치가 앉아 마주 보며 짓고 있다. 나는 궁금해서 한참을 지켜보았다. 싱겁게 대치 상태가 풀린 것은 오 분쯤 뒤였다. 그가 이리저리 자세를 바꾸는 사이 새는 "까깍" 소리를 지르며 훌쩍 더 높은 가지로 날아가 앉는다. 까치가 멀리 떨어진 나무로 사라지니 별수 없이 고양이는 사람처럼 둥치를 타고 내려오는 것이다.

종종 일어나는 도난사건도 해결하지 못하는 경우가 많다. 달포쯤 지났을까? 그날도 한 학생이 체육을 하고 오니 돈이 없어졌다는 것이다. 시간이 좀 지난 뒤라 어떻게 찾을 수 있을까 고민을 많이 했다. 정확한 정보가 없으면 거의 못 찾게 된다. 인권 문제가 많이 거론되기에 예전처럼 마구잡이식으로 조사할 수도 없다. 탐문 조사를 거쳐 가져간 아이를 짐작할 수 있었다. 상담실에 마주 앉았다. 혹시 아닐 수도 있기에 조심스레 질문하였다. "본 사람이 있으니 정직하게 말해보아라." "절대 가져가지 않았습니다." 너무도 완강하고 당당한 태도에 나도 반신반의했다. "그럼 가방을 열어봐도 되겠지?" "예, 그렇게 하십시오." 가방 안쪽을 샅샅이 조사해도 아무것도 나오지 않았다. '정말 범인이 아니구나.' 라는 생각이 머릿속을 스쳐 갔다. 마지막으로 곁쪽의 작은 지퍼를 여니 잃어버린 돈이 나오는 것이 아닌가. 그제야 꿇어앉더니 "잘못했습니다."라고 빈다.

　며칠 전 일이다. 그날도 점심을 먹고 오던 중 새로운 광경에 걸음을 멈추었다. 본관 앞 벚나무 아래에서 '동물의 왕국'이 펼쳐지고 있지 않은가. TV의 한 장면 같은 생생한 현장. 숨도 크게 쉬지 못하고 지켜보았다. 어미 고양이 한 마리가 잘록한 허리를 납작하게 붙이고 고개를 세워 무엇을 노리고 있다. 앞발을 최대한 낮추고 고개를 이리저리 조금씩 움직이는 모습. '동물의 왕국'에서 치타가 나무 그늘에 몸을 은폐하고 눈앞의 먹잇감을 탐내는 눈빛이었다. 대 여섯 걸음 앞에 비둘기 한 마리가 앉아 있는 것이 보인다. 어떻게 될까? 몰래 엿보는 나는 손에 땀이 날 듯 긴장이 되고 가슴이 콩닥거린다. 고양이가 살금살금 몇 걸음 다가가니 비둘기는 슬슬 뒤로 물러난다. 저를 노리는지 알고 있는 모양이다. 둥근 원을 그리듯이 쫓고 쫓기기를 하더니 비둘기가 후두둑 날아올랐다. 언제쯤 덮칠까 잔뜩 기대하던 야성의 나와, 덮치면 어떡하나 조마조마하던 본성의 나는 그때야 맥이 풀렸다. 고양이가 공격의 타임을 놓친 것이다. 멋쩍은 양 비둘기 앉은 자리로 슬슬 걸어가더니 날아간 하늘을 멀뚱히 쳐다본다.

본능은 사라지지 않는다. 인간에게 길든 고양이는 사냥할 필요가 없지만, 야성의 성질이 살아 있기에 까치와 줄다리기를 한다. 나는 사람은 착하게 태어났다고 주장하는 성선설을 믿고 싶다. 순간을 모면하기 위해 끝까지 거짓말을 하는 아이들의 본성은 어디에서 찾을 수 있을까?

* 본능 : 학습이나 경험에 의하지 않고 동물이 세상에 태어나면서부터 이미 갖추고 있는 행동 양식이나 능력

* 본성 : 사람이 본래 가지고 태어난 성질

뿌리

　○○백화점의 면세점 가는 무료버스는 언제나 화사한 손님들로 넘친다. 대구에서 출발시각이 오전 10시이지만, 20분 전에 차 안은 여인네의 향기로 가득하다. 여유 있는 이들이 친구나 가족과 함께 쇼핑을 가는 모양이다. 여행을 좋아하는 나는 쇼핑보다 체험을 위해 같이 탔지만, 대구의 경제가 부산으로 흘러가는 현장을 눈으로 보는 것 같아 씁쓸하다.

　내 뒷좌석에 서리가 내린 듯 하얀 머리를 한 세련된 할머니와 수수하면서도 우아한 베이지색 재킷을 차려입은 환갑을 넘어 보이는 두 사람이 앉았다. 서로 초면이지만 출발하기도 전에 구수한 대화가 시작되었다. 얼마 전에 다녀온 중국 상하이에 사는 손자 이야기였다. 남의 대화를 들을 의도는 없었지만 바로 뒤에서 말하는 소리라 귀를 막지 못했다. 엿듣기에 대한 강한 호기심도 있었다.

셋째 딸 내외가 상하이에 산 지 7년이 넘었다고 하얀 머리의 할머니가 말머리를 이어갔다. 딸 가족이 처음엔 직장 때문에 갔지만, 지금은 손자 교육하기 위해 귀국을 몇 년 연기하고 있다고 한다. 초등학교 입학하기 전에 간 손자가 벌써 중학교에 다니는데 중국어로 공부를 잘한다고 자랑이 대단하다. 손자가 대학 들어갈 때까지 상하이에 살 것 같은데, 큰 걱정은 손자가 한글을 다 잊어버렸다는 것이다. 우리말은 잘하지만, 너무 어린 나이에 외국에 갔기에 우리글을 읽고 쓰는 것이 안 된다고 걱정을 한다.

눈을 감고 혼자 곰곰 생각해봤다. 어쩌면 참 행복한 할머니이다. 급변하는 국제화 시대에 손자가 외국어를 잘 익히고 살아가는 것은 바람직하다. 그렇지만, 외국 생활에 젖어 모국어를 모두 잊어버리는 점은 큰 문제가 아닐까. 경제적으로 풍족한 미래를 위해 외국 생활을 하지만 그들의 뿌리는 한국인이다. 모국어를 모른다는 것은 한국인이라는 정체성마저 사라진다고 할 수 있다. 내 근본이 무엇인지도 모르고 사는 삶. 과연 그런 생활이 행복하고 윤택한 삶이라고 할 수 있을까. 아무리 세계화 시대라고 하지만 내 민족과 우리말에 대한 사랑과 자존심이 없이 산다는 사실은, 뿌리 없이 자라는 나무와 같은 것인데…….

얼마 전 남미의 한국 한글학교 선생님들을 대상으로 한국어 지도법 연수를 하고 온 분의 글을 읽은 적이 있다. 그곳의 한글학교 교사들은 대부분 한국어를 전공하지 않았다. 그러나 세월이 지날수록 한글과 멀어지는 자녀를 보고 한국인으로서의 미래와 정체성을 걱정해 바쁜 일상을 쪼개어 한글을 가르치고 있었다. 한국어 연수장에는 어린아이를 직접 데리고 온 교사와 환갑이 넘은 교사, 심지어 400Km 넘게 떨어진 곳에서 장시간 운전해 참여한 사람도 있었다. 어려운 환경 속의 무리한 일정인데도 배움에 대한 자세가 흐트러지거나 불평하는 교사가 한 분도 없었다고 한다. 많은 생각을 하게 한 글이었다.

나는 적적한 시간이면 이따금 텔레비전을 시청한다. 마음에 드는 프로그램을 찾으려 채널을 돌려보지만 이름이 외래어가 대부분이다. 우리말을 아끼고 일깨워야 할 언론이 앞장서서 우리말을 홀대하는 느낌이다. 한국어능력시험도 치르고 우리말에 대한 퀴즈 프로그램도 있지만 진정한 국어사랑

마음이 가슴에 닿지 않는다. 시청률이나 그들 나름의 구실은 있을 것이지만 텔레비전을 켤 때마다 입맛이 쓰다. 1980년대 프로 야구가 처음 생겼을 때였다. 지역을 연고로 6개 구단이 창설되었지만 나는 늘 지역 구단이 아닌 다른 한 팀을 응원했다. 이유는 유일하게 그 구단의 이름이 영어가 아닌 '청룡'이란 이름이었기 때문이다. 무슨 큰 애국심이 있어서가 아니라 그저 외국어만 좋아하는 데에 대한 반발이었으리라.

자신을 사랑하지 않는 사람은 남도 사랑할 줄 모른다는 말을 자주 듣는다. 내 것의 소중함을 모르고 남의 것만 좋다고 따르는 일은 정말 문제가 많다. 세계화 시대라는 이름으로 생긴 신사대주의 사고와 경제 원리만 좇아가는 오늘의 풍경이다. 영어가 거의 통하지 않는 프랑스 배낭여행을 다녀온 사람의 얘기를 듣노라면 허전함 가운데서도 부러움이 앞선다. 우리는 왜 저런 자존심을 가질 수 없을까.

차창 안으로 내리붓는 햇살이 너무 짜릿하다. 소곤거리는 대화의 열기로 창유리가 잿빛으로 불투명해진다. 연방 닦아 보지만, 창밖의 풍경은 뿌얀 성에 속에 빠르게 지나간다. 일교차가 큰 늦봄 날씨 탓이리라. 깔리는 음악도 없지만, 수학여행 가는 여고생을 실은 듯 재잘거리는 소리가 갓 부화한 병아리들을 풀어놓은 것 같다. 대부분 오십을 넘은 중년인 것 같지만, 아직도 풀어야 할 사연이 켜켜이 쌓인 모양이다.

내 속마음과는 아랑곳없이 옆자리에 앉은 사람은 연방 문자 보내기에 바쁘다. 전화기가 울리고 공연 관람권 예매로 조카와 계속 통화를 한다. 인터넷에 들어가서 좌석을 확인시키고, 좀 있다가 다시 구매 부탁을 하고……. 듣고 싶지 않아도 귀가 열렸기에 남의 사생활을 시시콜콜 듣게 된다. 정체성이니 어쩌니 하는 내 잡념도 어떻게 보면 그 중 한 가지에 속하지 않을까.

미끄러지듯 질주하던 버스도 어느덧 목적지에 가까워진 것 같다. 창밖으로 시퍼런 바다가 햇살 타고 부서지는 흰 물거품과 함께 가슴에 달려든다. 천천히 해안도로를 시찰하듯 감돌아 ○○백화점 정문 앞에 얌전히 정차한다. 썰물이 지나가듯 백화점 에스컬레이터에 손님들이 몸을 실으면, 소란하던 차 안은 따라나서지 못한 햇살과 정적이 자리를 차지한다.

맞아 죽을 수도

"올라, 프로페소르"*

상냥하게 스페인어로 인사한다. 아침마다 밝은 얼굴로 교무실 청소를 하는 당번 아이다. 그는 에콰도르에서 신학기 초에 전학을 왔다. 아버지의 사업 때문에 갓 돌을 넘기고 이민을 갔었다. 행인지 불행인지 학교에서 가장 엄한 처녀 선생님의 반에 배정을 받았다.

그날따라 아침 독서시간에 아이들이 들떠 있었다. 선생님의 지적이 몇 번 있었지만 아랑곳하지 않고 다시 정신없이 떠들었다.

"운동장에 다 모여."

웅성거리며 줄을 선 아이들에게 선생님의 목소리가 소프라

노로 올라간다.

"엎드려뻗쳐."

엉덩이를 부딪치며 우르르 엎드린다. 그는 무슨 말인지 몰라 다른 아이들을 돌아보며 엉거주춤한다

"야, 너는 뭘 해?"

"예, 무슨 말인데요?"

"엎드려뻗쳐라고 했잖아"

"그게 뭔데요."

에콰도르에서는 이 말을 한 번도 들은 일이 없었다.

"너무 힘들어요. 그래도 재미는 있어요."

이따금 학교생활이 어떠냐고 물으면 웃으며 그는 대답한다. 오랜 외국 생활에 젖어 한국의 문화를 잘 이해하지 못한다. 열대지방 특유의 느긋함 때문일까. 낙천적이지만 모든 일에 열정이 모자란 듯하다. 열심히 해야 하겠다는 습관이 배이지 않은 모양이다.

라일락 향기가 교정을 흔들던 봄날이었다. 그날도 아이들의 자습 분위기가 좋지 않았다. 며칠 전에 실시한 영어 수행평가 성적이 낮아 담임선생님은 저기압이었다. 교무실에 볼일이 있어 잠시 자리를 비우자, 교실은 장마당처럼 와자지껄

했다. 운동장에 불려 나온 아이들은 선생님의 눈치만 슬슬 보았다.

"엎드려뻗쳐"

그런데, 선생님 손에 드럼 치는 막대가 보이는 것이 아닌가. '무슨 일로 저걸 가지고 나왔을까? 밖에서 무슨 연주를 하는 것도 아닌데.' 한참 생각해도 그는 알지 못했다. 아니, 다음 순간 놀란 그는 입이 벌어졌다. 상상할 수도 없는 일이 일어난 것이다. 엎드린 아이들에게 드럼 막대로 엉덩이에 벌을 주는 것이 아닌가.

에콰도르에서는 꿈에도 생각할 수 없는 일인데.

"선생님, 그때 정말 놀랐어요. 여기에선 공부 열심히 하지 않으면 맞아 죽을 수도 있겠다는 생각이 들었어요."

상담하던 중에 불쑥 던진 말이다. 웃음보다 왠지 눈시울이 뜨거워졌다.

한 해가 지난 아이 성적이 중위권에 올라섰다. 긍정적으로 생각하는 그가 기특하고 대견하다.

맞아 죽지 않으려고?

*올라, 프로페소르 : 서반아어로 "안녕하세요, 선생님." 이라는 뜻.

과외 선생님과 아이들

"늑대" "여우" "상어" "수달"

온갖 짐승들의 이름이 다 나왔다. 이름이 나올 때마다 마주 보고 웃는 모습은 선생님의 질문에 대한 답이라기보다는 장난기가 얼굴에 가득했다.

"족제빗과에 속하는 짐승으로 하천에 많이 살며 물고기를 많이 잡아먹는 동물은?"

검은 안경테에 눈이 유난히 반짝거리는 과외선생님은 빙긋 웃으며 말이 없다. 5학년 아이들의 수준을 생각해서 과목마다 퀴즈형식으로 문답하는 수업이다. 그때였다. 갑자기 맨 구석에 있던 영덕이가 손을 들더니 크게 소리를 친다.

"너구리. 너구리. 선생님 너구리예요."

모처럼 정답을 생각해 낸 듯 얼굴에는 자신감이 만만하다.

그러나 아이들은 "와~" 하고 웃으며 서로 아니라고 손을 흔들기도 하고 책상을 두드린다.

우리 반에서 제일 말이 없고 공부도 열심히 하는 형근이네 집 골방이다. 마침 K대 법학과에 다니며 그 집에 자취하고 있는 대학생이 있었다. 형근이 어머니의 간절한 부탁으로 다섯 명의 아이들이 과외수업을 받게 되었다. 우리는 내년이면 6학년이 된다. 좋은 학교에 진학하려면 학교 공부만으론 부족했다. 1960년대 중반의 사회는 모든 것이 뒤죽박죽이었다. 지금은 생각도 할 수 없는 일이지만 몇몇 잘 사는 아이들은 담임선생님께 과외를 받는 것도 잘 알려지지 않은 비밀이다. 무슨 이유인지 갑자기 성적이 쑥 올라가는 아이도 생긴다. 학교는 '치맛바람'이 세게 불었다. 요새는 이 말을 잘 들을 수 없지만, 당시는 자식에 대한 어머니들의 열성이 말로 할 수 없을 지경으로 대단했다. 친구 중에 초등학교 6년 동안 매일 학교에 따라오는 엄마도 있었다. 중학교 진학에도 입학시험을 치르기에 열심히 공부해야 이름난 중학교에 들어갈 수 있고 앞날을 기약할 수 있었기 때문이다.

무르익은 봄날 어느 일요일이다. 일제고사를 준비하기 위해 보충과외를 받으러 갔던 우리는 과외 선생님과 야외로 산책하러 나갔다. 대구 시내이지만 변두리에 있는 초등학교라 조금만 벗어나면 논과 밭으로 이어졌다. 얼마 전까지만 해도 개구리들이 까르르 떼 지어 울던 논둑길을 지났다. 포장도로의 가로수들이 대부분 수양버들이다. 농촌에서 자란 선생님은 우리에게 버들피리 만들어 부는 법을 가르쳐 주었다. 중간 손가락 굵기의 가지를 꺾어 물오른 껍질을 살짝 빼내어 부는 부분을 칼로 얇게 다듬어 이빨로 자근자근 물어서 만들었다.

"삐이 삐" "빼 빼" "뿌우 뿌우"

하나씩 입에 물고 서로 보고 웃으며 불면 소리는 달랐지만, 그것 하나로도 부러울 것이 없이 즐거운 날이었다. 들과 논둑길을 개선장군처럼 헤집고 다녔다.

학교 수업을 마치고 집에 오면 오후 3시쯤 된다. 그때부터 좁은 골목에는 동무들이 하나둘 모이기 시작한다. 내가 사는 동네는 한국전쟁 바로 직후에 이루어졌기에 피란민들이 많이 살았다. 미장도 제대로 입히지 못한 허름한 판잣집으로 따개비같이 다닥다닥 붙어 있었다. 집과 집 사이를 연결하는 골목은 구불구불하고 좁아 높은 하늘에서 보면 큰 구렁이가 지나가듯 꿈틀거렸다. 책가방을 툇마루에 던져놓기가 무섭게 모두 각자의 구슬이나 딱지를 챙겨 밖으로 나온다. 그 길쭉한 골목에서 서너 명이 엎드려 구슬치기도 한다. 손수레 한 대

겨우 지나갈 길이었지만 우리에겐 더없이 넓고 즐거운 놀이 터였다.

　과외수업은 늘 저녁을 먹고 시작된다. 30촉 백열등 아래 커다란 판을 책상 대용으로 놓고 둘러앉아 수업하면 으레 공부보다 판 아래에서 손발 장난이 시작된다. 한참 설명을 듣다가 한 아이가 갑자기 소리를 지른다. 꼬집거나 딴짓을 한 아이는 시침을 뚝 떼고 모른 척한다. 반응이 없으면 계속 발을 밀거나 손으로 당기고 또 모른 척 책을 본다. 하지만 얼굴에는 터지려는 웃음을 참느라고 볼이 불룩하다. 몇 번 두 팔을 들고 벌서지만 잠시 지나면 다시 원상태로 돌아간다. 지금 돌이켜 보면 언제 공부를 했을까 하는 생각이 든다. 이런 아이들을 데리고 과외를 지도한 선생님의 심정은 어떠했을까 더듬어 보니 새삼 선생님께 미안한 마음이 앞선다.

　운동장에 은행잎이 노랑나비 되어 날아다니는 저문 가을이었다. 늦은 밤 수업 중 쉬는 시간이 주어졌다. 좁은 방이 답답해서 밖으로 나온 친구와 조금 걷다가 근처의 남도극장 앞까지 왔었다. 마침 그날 극장에서는 유명한 가수 000의 '쇼' 공연을 하는 날이었다. 간판 포스터와 현수막이 바람에 요란하게 춤을 추고 있었다. 이미 마지막 공연이 거의 끝날 시간이

222

었는지 표를 받는 입구에 지키는 사람이 보이지 않았다. '이런 좋은 기회가 있나.' 서로 눈을 쳐다보면서 뜻을 맞추었다.

"야, 한번 들어가 보자."

"안 돼, 선생님께 혼나."

"조금만 구경하고 가자. 응."

"쉬는 시간이 다 지났을 텐데……."

"그래도 난 저 속에서 뭘 하는지 꼭 보고 싶은데."

망설임도 잠시 우린 논둑에 불이 번지듯 극장 안으로 빨려 들어갔다. 키가 큰 어른들 사이를 비집고 본 '쇼'는 정말 대단했다. 귀를 찢는 듯한 악기 소리와 가수의 노랫소리, 난생처음 보는 광경에 가슴이 쾅쾅 뛰고 눈이 휘둥그레졌다. TV도 없고 일 년에 겨우 영화 한 편도 부모님 따라 볼 처지도 안 되는 시절이 아닌가. 물론 그날은 야단이 났다. 좀처럼 성을 내지 않는 과외 선생님에게 벌을 단단히 받았다. 그래도 기분은 날아갈 듯했다.

일 년쯤 지났을까? 이별은 생각지도 않게 불쑥 다가왔다. 어느 날 조금 늦게 수업에 가니 모두 시무룩하게 앉아 있었다. 평소 장난이 심한 영덕이도 아무 말이 없다. 가만히 살펴보니 다들 눈 주위가 젖어 있었다. 영문을 모르는 나는 친구들의 눈치만 살폈다. 아, 선생님과의 수업이 오늘이 마지막이라는 것이다. 입대한다는 얘기다. 여자아이는 훌쩍훌쩍 소리를 내어 울기 시작했다. '이럴 줄 알았으면 좀 더 열심히 공부할 것을. 이제 정이 무척 들었는데…….' 다시 선생님의 얼굴을 찬찬히 살펴보았다. 선생님의 안경 속에도 눈물이 글썽인다.

"자, 너희 내가 없더라도 열심히 공부해서 좋은 중학교에 들어가야지."

"선생님, 가지 마세요. 나중에 가면 안 되나요."

"이제 열심히 공부할게요. 선생님, 예?"

저녁에 놀이터에서 웃고 장난치는 초등학생을 보니 옛날이 떠오른다. 40년도 훌쩍 지난날의 동영상이 돌아간다. 그 시절 과외 선생님은 무엇을 하고 있을까? 그 친구들은 어떻게 되었을까? 이번 토요일 저녁에는 추억을 더듬어 옛 과외 동네 주변을 걸어봐야겠다.